救済

長岡弘樹

Nagaoka Hiroki

SAVE

講談社

目次

三色の貌《かたち》 5
最期の晩餐《ばんさん》 47
ガラスの向こう側 81
空目虫《そらめむし》 109
焦げた食パン 137
夏の終わりの時間割 165

装幀　岡　孝治
カバービジュアル　木村　直

救済

SAVE

三色の貌《かたち》

1

老舗《しにせ》の漬物メーカー「陸奥屋《むつや》」の社員文集より抜粋

【四月十六日——あの日は給料日でしたので、わたしは、工場での勤務を終えたあと、渡り廊下を通って、社屋へと向かいました。アルバイト社員であるわたしたちは、給料を、銀行振り込みではなく現金でもらっていました。ですから総務課へ顔を出す必要があったのです。

バイトの身でありながら、わたしは「陸奥屋」の社屋に愛着を持っていました。

鉄筋コンクリート三階建てとはいえ、なにぶん年季の入った古い佇《たたず》まいで、あたかも廃校が決まった山間部の校舎といった趣でした。そうです、あの建物には、自分の通っていた小学校の面影《おもかげ》を見ることができました。だから好きだったのです。

一フロアで働いている社員の数は二十名ほどでした。わたしがかつて暮らしていた町にあった農協の建物がちょうど同じ大きさだったところにも、懐かしさを感じさせてくれる要因があったように思います。

それだけではありません。あの社屋からは、社員と会社の良好な関係が感じられ、その点にも好感を持っていました。

社屋の壁にはところどころにひびが入っていたものの、社員の方々が、それを見つけるたびに、自分たちで丁寧にパテ埋めをしていました。床のタイルも、曇りの日にですら光の粒が見えるぐらい常に磨かれていたのです。

そんなお気に入りの社屋にお邪魔し、総務課へ行くと、課長の五十嵐豪《いがらしごう》さんが「ご苦労さん」と言って肩を揉《も》むような仕草《しぐさ》をしてきました。そこで、わたしもついふざけて、本当に揉んでもらうことにしました。

給料の袋を手渡してくれたのは、いつものように経理係の小関智子《こせきともこ》さんでした。

バイト社員には、給料のほかに工場で作っている漬物が一袋手渡されますので、それもいただきました。あの日受け取ったのは、「ふすべっ娘《こ》」でした。

もともと、雪菜のふすべ漬けは辛味にこそ特徴があるわけですが、これはそうした固定概念に捉われず、サッカリンナトリウムで甘く味付けしてみせた意外性のあふれる商品です。歯ざわりもよく、わたしの大好物でした。

「腹が減っていたら、ここで食べていってもいいから」

と五十嵐さんが言ってくれたので、わたしは空いているテーブルにつきました。

テーブルの上には、商談で製品の漬物を出す際に使う小皿が置いてありました。小皿は三種類あり、どれにも色が薄くついていました。それぞれ、赤、緑、黄色だったと記憶しています。

ふと思いつき、わたしは、もらった漬物を、三つの小皿に分けて載せてから、口に入れてみました。

そして五十嵐さんに声をかけました。

「すみません。何か書くものを貸してもらえませんか」

快く紙と鉛筆を手渡してくださった五十嵐さんに、わたしは言い添えました。

「ちょっと計算をしてみます。五十嵐さんに給料をごまかされているといけないので」

すると五十嵐さんは首を捻《ひね》りながら、「どうしてばれたんだろうな」と応じました。

つまらない冗談にノッてもらえたことを嬉《うれ》しく思いながら、わたしは部屋の隅に置いてあった目安箱を指さして訊《たず》ねました。

「あれ、ぼくみたいなバイト社員も利用していいんですよね」

「もちろんだ。気づいたことがあったら何でも投書してくれ。ぼくの悪口以外はね」

五十嵐さんの返事を受け、わたしはいま思いついたことを紙に書きました。

ぐらり、と大きな揺れを感じたのは、目安箱に投書をしたときでした。

わたしはそれまで震度三よりも大きな地震を体験したことがなかったので、このときも、（すぐにおさまるさ）と高を括《くく》っていました。ですから次の横揺れで足元をすくわれ、床に尻餅をついてしまったときは、怖さよりも驚きの方を強く感じたぐらいでした。こう言っては不謹慎ですが、正直なところ、転倒するほどの地震を自分も体験できたことに、新鮮さを覚えて感動していたのです。

しかし、その驚きも感動も、数秒後には一瞬にしてどこかへ吹き飛んでしまいました。なにしろ、頭の上から天井が落ちてくるのを目にしたのですから。あまりの出来事に、恐怖すら感じている余裕がありませんでした。

どれぐらいのあいだ気を失っていたのか。それも定かではありませんでした。救助された時間から逆算すれば、おそらく一時間前後でしょうか。

目が覚めて、最初に見えたものは、漆喰《しっくい》やらコンクリートやらの塊《かたまり》でした。倒れてきた壁のものか、落ちてきた天井のものか、見分けがつきませんでした。おそらくその両方だったと思います。

顔のすぐ前を塞いだそれらの瓦礫《がれき》から、ふわっと埃《ほこり》が舞い上がったのを見て、わたしは自分が息をしているのだと悟りました。崩壊した社屋に閉じ込められはしたものの、命は無事だったのです。でも不思議なことに、よかったとか安心したといった気持ちは、胸の中のどこにもありませんでした。

周囲の様子を確認しようと、首を動かしてみると、頭が激しく痛みました。まるで脳みその中に毒の塊でも持ってしまったような、ひどい痛みでした。全身は悪寒に包まれていて、自分の体が高熱を発しているのだと分かりました。

崩れた壁に臍《へそ》から下の部分を挟まれ、まったく身動きが取れない状態でした。下半身を強く圧迫されたせいで、極度の体調不良に陥り、発熱してしまったようでした。

これ以上頭が痛まないように、腕の力を使って、そろそろと上半身を持ち上げてみました。すでに書いたとおり、わたしの目の前には瓦礫がうずたかく重なっていました。まるでバリケードのような衝立《ついたて》ができていたのです。ただし一ヵ所だけ、銃眼のように小さな隙間が空いている部分がありました。

わたしは、そこから向こう側を覗《のぞ》いてみました。

狭い視界の中で、最初に知ったのは高さでした。五十センチ。それが、天井と床の隙間にできたスペースでした。もう少し揺れが強かったらどうなっていただろうか、と考えたら、にわかに息をするのが苦しくなりました。

書類も、筆記用具も、電話機も、椅子も、そして人間も、事務室にあった何もかもが、床の上に散らばったり、倒れたり、潰れたりしていました。

わたしから見て一番手前に倒れていたのは女性でした。その人はうつ伏せになっていたので顔がはっきり見えなかったのですが、髪の結い方から、経理係の小関さんだと分かりました。地震が襲ってきたときは、ちょうど給料を渡す仕事をしていた最中ですので、彼女の周囲には紙幣と硬貨もたくさん散らばっていました。

小関さんの向こう側には五十嵐さんも倒れていました。ほかに総務課の方が何人か横たわっていました。みなさんじっとしていました。声を出したり、動き回ったりする人はいませんでした。怪我《けが》の程度がひどいのか、そうでなければ体力をセーブしようとしてのことだと思いました。

そうです、怪我や体力の問題。このときは誰も声を出さない理由を、そう考えていたのです。総務課の社員の方が五十嵐さんと小関さん以外、全員死亡していたと知るのは、しばらく後になってからでした。

そのとき、ふいに、すぐ近くで衣擦《きぬず》れの音が聞こえました。同時に、隙間から覗いていたわたしの視界が、誰かの作業服で塞がれました。

動き回れるほど体力に余裕のある人がいたのです。その人が、バリケードのすぐ向こう側を、四《よ》つん這《ば》いの体勢で通り過ぎたようでした。

あれは誰だったのでしょう。

作業服についたネームプレートだけがちらりと見えました。でも、そこに書かれた文字はまったく覚えていません。親切そうな名前だな、といった印象がぼんやりと残っているだけです。

ほかに目にしたものは、何だったでしょうか。

そう、壊れた時計を見たのを覚えています。ですが、それがどんな形をしていたのか分かりません。地下室に置いたら似合いそうな時計かも、などと曖昧《あいまい》な感想が残っているだけです。

商品の袋も転がっていましたが、果たして「茄子《なす》漬け王子」だったのか「たくわん小町」だったのか。パッケージに書かれていた商品名を覚えていません。漬物にしては少し甘めの味だろうな、といったイメージが、なんとなく残っているだけです。

奇妙な話です。あれだけ凄惨《せいさん》な光景なら、現場の様子がくっきりと記憶に焼き付いているのが当然なのに、どういうわけか、目にしたものの細部がぜんぜん思い出せないのです。

おそらく熱のせいでしょう。

これもすでに書いたとおり、瓦礫に挟まれたわたしの体は高熱を発していて、救助されたあと一週間近くもおさまりませんでした。そのように長く高熱に浮かされていたせいで、体調が回復したときには、記憶のディテールは吹き飛び、漠然とした淡い印象だけが残る結果になったのだと思います。

【臨時社員　宮津勇司《みやづゆうじ》　二十二歳】

2

子供のころ、父親に、よく海水浴へ連れていってもらった。ビーチサンダルを脱ぎ捨て、波が洗った直後の砂を歩くのが好きだった。

その砂と、いま足元にある小麦粉の塊は、踏んだときの感触がなんとなく似ている。ビニールシート一枚を隔て、こうして足を当てていると、頰《ほお》に生温かい南風が当たっているような錯覚に襲われるのは、浜辺の記憶がよみがえるせいだろう。

自動車のハンドルほどの直径に捏《こ》ね上げたうどん生地《きじ》。それを五つばかり車座に並べて順々に踏んではしばらく寝かせる。この繰り返しで、生地に含まれるグルテン質を鍛えると、麵に腰が生まれる。

この「足踏み」作業は、どこの店でもたいてい新人の仕事だ。簡単そうだが、十分もやっていれば太腿《ふともも》の筋肉が悲鳴を上げ始める。

昨晩あまりよく眠れなかったせいか、今日の疲れは普段より早めにやってきた。どこかにつかまる場所はないかと探しているうちに、バランスを崩して上体がよろけ、ちょうど通りかかった店員仲間に肩がぶつかった。

「すみません」

勇司は帽子を取って謝った。すると相手は顔の前で両手を振った。

「すみませんって、やだなあ。やめてくださいよ、そんなカタい言い方」

返ってきたのは後輩の声だった。つい先日、この店に入ったばかりの見習いだ。

「ああ、きみだったの。薄暗くて、よく分からなかった」

てっきり先輩かと思ったよ。そう付け足してから足踏みの作業に戻ろうとしたとき、

「おう、宮津」

今度こそ先輩店員の声が、客場の方から聞こえてきた。

「店長が呼んでるぞ」

はいっと返事をし、持ち場を離れたとき、そばにあった携帯ラジオが午前七時の時報を鳴らした。

もう釜場には火が入ったようだ。大鍋から立ち上る湯気が、麺切り包丁の軽快な音を無視するように、自分のペースでゆっくりと揺れている。

厨房《ちゅうぼう》から客場に出て、座敷《ざしき》席の一番奥へ向かった。そこが毎朝、店長が陣取って帳簿やら伝票やらを広げる場所だった。

店長が身につけているのは、平の店員とは少しデザインの違う、襟の部分にストライプの入

った調理着だ。その細いグレーの線に向かって勇司は口を開いた。

「ご用でしょうか」

「きみがこの店に入ってくれたのは、去年の十月だったかな」

店長は伝票に顔を向けたままだった。ただ、まったく目を上げないというのも完全に無視しているようで心苦しいらしく、ちょっと眉毛を上げるぐらいの仕草はしてみせた。

「いいえ、九月でした」

「そうだったか。じゃあちょうど半年だ。よく頑張ってくれたね」

テーブルの上には手提げ金庫もあった。店長はそれを開けると、何枚か千円札を取り出した。そういえば、この店では半年に一度、少額ではあるがボーナスのようなものが支給されると聞いていた。

勇司はいそいそと前掛けで手を拭いた。

「じゃあ、これ」十枚ばかりの千円札を封筒に入れると、店長はそれを差し出してきた。「退職金ね」

「……はい？」

「聞こえなかった？　退職金。少し色をつけておいたよ。きみは真面目《まじめ》にやっていたから」

「……あの。辞めろ、とおっしゃっているんですか」

「はっきりとは言いづらいんだけど、まあ、そういうこと」

なぜですか、と言いかけ、口をつぐんだ。だいたいの見当はつく。

勇司は、店員仲間への挨拶もそこそこに、ロッカー室で調理着を脱ぎ、店をあとにした。

一年前の大地震が嘘《うそ》のように復興を遂げた町を歩き、一人暮らしのアパートに帰りつくと、敷きっぱなしの布団に寝転がった。

また新しく仕事を探さなければならない……。

柱のハンガーに吊《つ》るされた作業着の下で何度か深く息を吐いているうちに、つい眠り込んでいたようだ。

耳が呼び鈴の音を拾って、勇司は目を開けた。

引《ひ》き摺《ず》るようにして重い体を玄関口まで運び、ドアを開けると、そこには男が一人立っていた。片手にセカンドバッグを持っている。

「よう、久しぶりだね」

空いている方の腕を軽く上げた男の体格を、勇司は素早く見定めた。身長は百七十センチ前後、体重は六十七、八キロといったところか。

頭の中にはいろんな人物の体型がインプットされている。そのうち最も多いのが、この男のような特徴のない中肉中背だった。

勇司は相手の胸元に目をやった。これまで勤めた会社や店では、いずれもネームプレートの着用が義務付けられていたこともあり、そこに名前を探すのがすっかり癖になっている。目の前にいる男が身に着けているものは、ごく普通のカジュアルな洋服だった。装いのどこにも名前を知る手掛かりはない。

男に向かって、少し顔を近づけてみる。だが、この相手にはフレグランスを使う習慣もまたないらしく、鼻腔《びこう》にはどんな匂いも流れ込んではこなかった。

「なんだか元気がなさそうじゃないか、宮津くん」

男が発した声にも、その背格好同様、これといった個性はなかった。ただし、かすかに聞き覚えがあった。

「疲れているんじゃないのか」

男は、片手をこちらへ突き出し、肩を揉むような仕草をしてみせた。

そのアクションを目にして、ようやくはっきりと思い出した。

「五十嵐さんでしたか。陸奥屋の総務課長さんですね。どうもご無沙汰していました」

「違うよ」

「え?」

そんなはずはない。肩を揉む仕草だけでなく、いまの口調も五十嵐ならではのものだ。「違うよ」の「よ」。語尾がわずかに下がるのが、彼の特徴だった。

「五十嵐は五十嵐だが、総務課長じゃなくて人事部長と言ってほしいね。それに会社だってもう陸奥屋じゃない」

そういえば、震災後、社屋を建て直したついでに社名も変えた、と聞いていた。

「失礼しました。新しい社名は何といいましたっけ」

「『みちのくピクルス』さ。残念だろ。ぼくは前の方がずっと好きだったな」

「いずれにしても、昇進おめでとうございます」

「冗談じゃない。社屋が新しくなったついでに、部下が上司を評価する人事システムも導入されてね。ぼくにとってはますますしんどい職場になったよ」

この五十嵐と会うのは八ヵ月ぶりだった。去年の夏にも、このアパートで彼の訪問を受けていた。そして震災の体験を会社の文集に寄稿してくれないか、と依頼されたのだった。

勇司は五十嵐を部屋に上げ、茶を出した。

八ヵ月前にもそうしたように、ぐるりと室内を見回してから、五十嵐は湯飲みを手にした。

「何に使うんだい、あれ」

部屋の隅に転がった、棒状の物体に目を留めて、五十嵐が訊《き》いてきた。

ビール罎《びん》を二本、底の方で合わせ、ガムテープで貼りつけてから布を巻きつけた代物だった。

「護身用の『お手製バット』です。泥棒が入ったとき、これで叩《たた》きのめしてやろうと思って作ったんです」

嘘の返事をしてやると、五十嵐は真面目な顔を作った。

「そうか。ここには金目のものがうんとあるもんな」何もない部屋を再度見回し、彼は続けた。「ところで宮津くん。本当に体の具合は大丈夫か？　顔色は最悪だぞ」

勤め先のうどん店を解雇されたばかりですから、と小声で説明した。

「どうして？　店長の女にでも手を出したか」

また冗談での切り返し。あいも変わらない五十嵐の癖に対し、勇司は力なく首を振った。

特別な理由があって、いまの自分は人に挨拶がうまくできない。そのため客から「感じが悪い」とクレームをつけられてしまうのだ。前に勤めていたファストフード店ではそうだった。今度のうどん店も同じであることは、当の自分が一番よく分かっている。

だが、そのことは五十嵐には黙っていた。

「いや、すまない」

冗談を言ったことについてか、それとも詮索したこと自体についてか、はっきりしないが、五十嵐は頭を下げた。下げたついでに、持っていたセカンドバッグを開け、そこから冊子のようなものを取り出した。カメラ店に現像を頼んだときに、よくサービスでついてくるようなポケットアルバムだった。

そのアルバムから、五十嵐は写真を一枚抜き出した。

写真の中では、一人の女性が病院のベッドに横たわっていた。右下に日付が入っている。去年の五月だ。震災から一ヵ月ほどしてから撮られたもののようだ。

五十嵐は続けてもう一枚、別の写真を抜き出し、横に並べた。同じ女性が写っている。今度の日付は八月だった。

「きみは、ちゃんとした会社に就職が決まっていたはずだよね。だけど、いまだにアルバイトで生活している。ってことは内定先を蹴ったわけだ。それは解《げ》せないね。どうしてだろう」

写真には言及することなく、五十嵐はそんな話題を振ってきた。

勇司は口をつぐみ続けた。

「やっぱり言いたくないいか。まあ、いいさ。人には人の事情があるからね」

五十嵐は三枚目の写真を並べた。これも被写体は同じ女性。日付は今年の元日だ。

勇司は、五十嵐の方に顔を向けながら、視界の端では写真を気にしていた。病室の女性は誰だろうか。

「それにしても、このタイミングでクビとは好都合だ」

その言葉に、勇司は五十嵐を上目遣いで見やった。ニヤついている。これまであまり見せたとのない表情だ。

「どういう意味ですか、いまのは？」

「すまない。つい口が滑った。——実は、きみに話したいことがあってね。この人を知っているだろ？　もちろん」

五十嵐がようやく写真についての話をしはじめた。と同時にもう一枚を追加して並べた。昨日の日付が記されたその写真にだけは、ベッドの枕元に患者名を書いたネームプレートも写り込んでいた。

「ええ。小関智子さんですね」

ネームプレートに書いてある文字をそのまま口にした。

「そう、旧陸奥屋の総務課で、毎月、きみたちアルバイトの人に給料を渡す係を担当していた智ちゃんだ」

「お世話になっていました」

「この写真のとおり、彼女は、いまも入院している。集中治療室にね。震災以来、ずっと昏睡《こんすい》状態が続いているんだよ。そこで今度、社員たちが撮った写真を集めてアルバムを作り、彼女の病室へ届けようという話になった」

「そうですか。お気の毒です。運悪く、落ちてきた瓦礫が頭に当たったと聞いていましたが、本当だったんですね」

「いや、違うんだ。頭に瓦礫が当たったことに間違いはない。だけどそれは落ちてきたんじゃなくて、誰かに――」

五十嵐は右腕を横に伸ばし、手製のバットを握ると、こちらに向かって振り下ろす真似《まね》をしてみせた。

「こうされたんだ」

「……まさか」

「本当だ。震災のあと、ぼくは、社員たちから当時の話を詳しく聞いて回った。文集も隅々まで読んだ。するといろんなことが分かってきた。あの日はアルバイト社員の給料日だった。だから、きみやぼくが巻き込まれた倒壊現場には、現金が散らばることになった」

「そうでしたね」

「みんな瀕死《ひんし》の状態だった。亡くなった者も多かった。だが一人、床を這《は》いながら動き回るだけの体力を持った人物がいた。それは、きみも文集に書いているとおりだ。その誰かが、どさくさに紛れて、落ちていた金をいくらかポケットに入れた。そこを智ちゃんに見られた。そこでそいつは、手近にあったコンクリートの塊を手にして、彼女の頭の上に振るったわけだ」

勇司は五十嵐の顔を凝視した。得意の冗談を口にするとき、彼はわざと深刻そうな表情を作ってみせる。だから眉間《みけん》には縦皺《たてじわ》が走る。

「詳しく調べた結果だから、ほぼ間違いない。そしてぼくは、容疑者を数人まで絞ることができた」

いま、彼の眉と眉の間は平らなままだった。

「さっきも言ったとおり、ぼくはいま人事部長の職についていてね、立場上、一刻も早く容疑者たちの中から一人の真犯人を割り出さなければならないと思っているところだ。そして、本人のためにも、警察が気づく前に説得して、出頭を促してやるつもりなんだ」

「数人まで絞れたのなら、一人ずつ呼び出して訊問《じんもん》したらどうですか」

「そんなことをしたら無実の者はどうなる？　誰だって罪もないのに疑われたらいい気はしないだろう。すべての社員に気持ちよく働いてもらうのも、ぼくの務めでね。――まあ、いずれは真犯人を暴いてやるさ」

五十嵐は手製バットを畳の上で転がし始めた。

「本当は、こうして使っていたんだろ」

「はい？」

「だから、このバットの正体は、麺を打つための練習道具なんだろ。アルバイトの仕事といえども、こうして一生懸命に取り組もうとする。きみらしいな」

五十嵐の口ぶりは、何らかの返答を期待しているようだった。だが勇司は応じず、代わりに二杯目の茶を淹《い》れる作業に専念した。

「さて、きみにこんな話をしたのは、ほかでもない。会社へ戻ってほしいからだ。殺人未遂犯が潜む物騒《ぶっそう》な会社だが、それでもよければ、また働いてくれないか、とお願いしたいわけだ。新しく一人、正社員として雇うことになってね。採用はぼくに一任されている」

ありがたい話だった。

「お断りします」

だが、勇司はそう答えていた。

「どうしてだい」

——だって、おれじゃあ、役に立ちませんよ。

その言葉を口にする代わりに勇司は立ち上がり、柱のハンガーから作業着を外して五十嵐の前に置いた。

「すみませんでした。お返しするのが遅れて」

作業着は、バイト社員時代に陸奥屋から貸与されたものだった。震災後、返却する機会を逃し、手元に置いたままになっていた。ただし上だけだ。瓦礫に挟まれた下の方は、膝の部分がひどく破けてしまったため、廃棄せざるをえなかった。

「まあ、待ってくれよ。だったら、最初はまたアルバイトってことでどうだろう。正社員になるかどうかは、そのあいだにじっくり考えてみるってのは？」

「……そういうことなら」

「よし、決まりだ。これは」五十嵐は作業着を押し返してよこした。「きみにあげるよ。私物として使ってくれ。ただし、そいつだけはもう用済みだから外しておくんだ」

そう言って五十嵐が指先を向けたのは、襟のフラワーホールで鈍く輝いている陸奥屋の社章だった。

「社名と一緒にデザインも変わっちまったんでね。すぐに新しいのを渡すよ」

バイト社員でもバッジをつける。社則の一つだけは少なくとも健在のようだ。

「じゃあ、さっそく明日の月曜日から来てほしい。まずは慣れているところで発送の仕事をしてもらいたい。それから、最初の三日間は研修も受けてもらう」

「わざわざ研修ですか。バイト相手に」

「なに、たいした内容じゃない。ざっと知っておいてもらいたいだけだよ。運ばれてきた野菜が漬物になってパッケージされるまでの流れをね。ただの工場見学だと思えばいいさ。──製造工程の社員に知っている人は誰かいたかい？」

「いいえ」

以前のバイトでは、製品の箱詰めとトラックへの積み込みだけを担当していた。五十嵐や小関たち総務課員のほかに面識のある正社員といえば、発送部の責任者ぐらいだ。

「そうか。各工程それぞれ誰かに伝えておくから、出向いて説明を受けてくれ」

「分かりました。だけど、どうしておれなんかを雇ってくれるんですか」

この不況だ。いくら地方の中小企業でも、入社を希望する者はほかにもいるだろうに。自分には人に誇れる学歴も資格もない。有利な点があるとすれば、かつてアルバイトをしたことがあって仕事に慣れている、という一点だけだ。

「宮津くん。ぼくはきみを買っているんだ。これを書いたきみをね」

そう言って、五十嵐は紙切れを一枚取り出した。

その紙には見覚えがあった。震災の直前に目安箱に入れたものに違いなかった。

3

不織布の白衣で身を包んでから、検温器を耳に当てた。風邪気味だったので、体温がどれぐらいあるのか心配だった。三十八度以上なら、工場には入れない決まりだ。

三秒待って表示された体温は三十七度二分だった。その数字を書類に記入し、粘着ローラーで白衣についたゴミを取ってから、次の関門へ向かった。

エアシャワーだ。万歳《ばんざい》をした状態で体を回転させながら少しずつ前に進む。

午前十時になっていた。すでに工場はフル稼動の状態だった。従業員はみな製造ラインについて働いている。クリーンルームには自分以外、誰もいなかった。

これ幸いに、わわわと声を出してみたところ、また幼いころの記憶がよみがえってきた。扇風機の前に座り込み、ファンに向かって声を出す遊びをよくやったものだ。

アルコールで手を消毒してから、実際に漬物を作る作業ゾーンに入った。

【第三工程】と表示の出た扉を押し開けたとき、鼓膜に少し押されるような感覚があった。場外から塵埃《じんあい》や虫類が入ってくるのを防ぐためとはいえ、わざと陽圧にされた場所というものは、どうも落ち着かない。

鼻をつまみ、耳抜きをしていると、

「おまえが宮津か」

背後から声をかけられた。

振り返った先には、やはり不織布の白衣を着た男が立っていた。左胸のネームプレートには「植田愛悟《うえだあいご》」とある。第三工程の工程長だ。

「もっと深く被《かぶ》れ」

植田が無遠慮に帽子のつばを引っ張ってきた。

「食品工場じゃあよ、何に気をつけろといっても、まず髪の毛だからな」

「はい」

「もう聞いたかもしれんが、各工程は清潔度によって分かれている。土のついた白菜が運ばれてくる下処理室がいちばんバッチイわけだ。第一、第二、第三と、数字が大きくなるほど求められる清潔度は上がる。この第三工程には、少しでも汚いやつは入れねえんだ。いいか」

もう一度はいと返事をし、勇司は背後から植田の体型を観察し始めた。背丈《せたけ》は百七十センチ前後。体重は七十キロに満たないぐらいか。これも特徴のない中肉中背の体格だ。

植田は三人目だった。この第三工程を見学する前、すでに二つの工程で研修を終えていた。一昨日《おととい》が、原材料の検品、洗浄を受け持つ第一工程。説明役を受け持ったのはやはり工程長で、ネームプレートには「小野好成《おのよしなり》」とあった。

昨日が、殺菌、漬け込みを行う第二工程。こちらも教師役は工程長で、「原睦三《はらむつみ》」と名乗っていた。

植田は、作業場の一角に三つばかり並んだ巨大なタンクの前で足を止めた。側面に設けられた丸い小窓を通して見たところ、どうやら中身は調味液らしい。

この液体をパッケージに充填すること。そうして完成した製品を検査すること。その二つが、第三工程で行われている仕事だと聞いている。

友達の背中でも叩くような手つきで、タンクの一つに手を当てながら、植田はマスクの下から声を出した。

「こいつ一つに入っている調味液は二トン分だ。合成保存料も着色料も使っていない、そのまま飲んでも美味《うま》いジュースだぜ。タンク三つで六トン分。これを一日のうちにすべて製品に充塡する。一滴も残らず使い切るわけだ。――ちょいと訊くが、どうして翌日に残しちゃいけないと思う？」

「洗浄の関係ですか」

「よし、正解。タンクの中身も配管も、毎日、隅から隅まで消毒液で洗わなきゃならないわけだ。さて、この調味液の温度だが、いつも摂氏二度に保たれている。じゃあ、なんでこんなに低い温度にしているか分かるか」

「塩の量を少なくするためですね」

「そのとおり。菌の繁殖を抑える役目を担っていたのは、昨日までは塩だった。だけど今日からはちょいと減塩し、パワー不足の分は温度を低くすることで補おうって発想だ。いまじゃあ、どこの会社でもこのやり方が主流だよ。テレビをつけりゃあ、年がら年中、健康番組ばっかりで、やれ脳卒中だ高血圧だとやかましく言い立てやがる。おかげで、しょっぱけりゃしょっぱいほど売り上げはさっぱりだからな」

作業場から出ると、植田は口元を覆っていたマスクを外した。

「宮津、おまえ、なかなか見所があるな。この仕事をよく分かっている。五十嵐部長の一存で採用が決まったそうだが、それも頷《うなず》けるぜ」

「別に、そんなに勉強してるわけじゃありません。部長に気に入ってもらえた直接の原因は、たまたま思いついたことがあって、それを目安箱に投書したからです」

「投書ね。どんなだ？」

「パッケージの色についてです。飲料メーカーでは、普通、ジュースの壜の色を、どうやって決定するか、植田さんならもちろんご存じですよね」

「今度はおれが試験を受ける番か。被験者を集めてモニター調査をするんだろ」

「そうです。一般人に来てもらって、目の前に三色の壜を置きます。例えば、赤、青、黄色です。ただし中身のジュースはどれも同じものです。そのことは被験者には教えません。それを飲ませて、『どれが一番美味《おい》しいか？』と質問します。中身を同じにして、どの容器で飲んだとき一番いい味に感じられるか、主観的なデータを集めて、色を決めるんです」

「漬物でも同じことをやったらどうか、と目安箱に意見したわけだな」

「はい。あの当時、人気商品だった『ふすべっ娘』のパッケージは、社長の好みだけで色が決められていた、という話を聞いていました。だから、それよりは、モニター制度を導入した方が売り上げもアップするに違いないと思ったんです」

ふん、と植田はつまらなそうに頷いた。

4

写真の枚数を数える手を止め、自分の衣服に鼻を近づけてみた。

これだ。

前にバイトしていたときから、これが好きだった。作業着の袖に染み付いた漬物の匂い。そう、漢字で書けば「臭い」ではなく「匂い」だ。いや、「香り」と表現してもいいぐらいだ。

本社の社屋にある「社史編纂《へんさん》室」とプレートの掲げられたこの狭い一室には、いま、自分一人しかいなかった。

ブラインドを下ろし、照明のスイッチを入れたあと、勇司は遠慮なく袖口に顔を埋めた。

わき腹の筋肉がだいぶ張っている。植田から工程を見せてもらったあとは、一日中段ボール箱をトラックに運び入れていたからだ。

若いわりには案外自分の体は脆《もろ》いなと思う。うどん店での仕事もけっこう重労働だったから、音を上げないよう体は十分に鍛えているつもりだったのに。もっとも、作業の内容が変われば使う筋肉も違って当たり前なのだろうが。

そんなことを考えていると内線電話が鳴った。五十嵐からだった。

《研修、ご苦労だったな。担当したのは、三日間とも工程長だったか?》

「ええ。植田さん、小野さん、原さんです」

《三人の中で、誰が一番とっつきにくかった?》

部下に上司を評価させる制度を取り入れた——そう五十嵐が言ったことを思い出しながら勇司は答えた。「植田工程長ですかね」

「その次は?」

「小野工程長でしょうか」

思い返してみれば、三人ともあまり変わらない印象だった。はっきりした根拠もなく、感じたままにそう答えた。一工程の研修時間はどれも二時間もないほど短いものだった。人柄を把握できるほど深い付き合いはしていない。

《ところで、もう写真は集まったか》

「いまやっているところです。終わったらすぐに持っていきます」

智ちゃんへ届けるアルバムの作成も手伝ってくれないか。日曜日に訪問を受けたとき、そう五十嵐から頼まれていた。工場の各工程で撮られた、仕事中や休憩時間のスナップショットを集めて回るのが、自分に任された仕事だった。

《明日でいいよ。ぼくはこれから席を外すんでね》

「分かりました」

受話器を置き、疲れの溜《た》まった肩を一つぐるりと回してから、勇司は立ち上がった。

第一工程の写真がまだ届いていなかったので、取りに行かなければならない。工程長の小野がまだ残っていればいいのだが。

渡り廊下を小走りに工場へと戻る。午後六時を過ぎていた。昼間とはまったく別の場所に迷い込んでしまったように感じられる。機械の稼動音がないと、こうも印象が違うものか。

製造ラインはもう停止しているものの、残っている社員は多かった。パート従業員は帰宅の途につき始めていたが、正社員には書類仕事がある。

「小野工程長はいらっしゃいますか」

工場の事務室で、近くにいた社員に訊いた。かなり背の高い男だった。百九十センチはあるだろうか。

「小野くんなら、いまほかの部署に行ってるみたいだな」

くん付けで呼んだところをみると、この社員の肩書きも工程長なのかもしれない。

「呼んできてあげるから、そこで待ってて」

長身の社員は、空いている椅子を指さした。そのとき、彼のネームプレートに書かれた文字が目に入った。

「あの……。じゃあ、原工程長はいらっしゃいますか？」

「原さんなら、さっき社屋へ行ったよ。五十嵐部長に呼ばれたみたいだった」

背の高い男は、その場から離れようとした。彼の手を勇司はつかんだ。

振り返った社員は、さすがに顔色を変えていた。「ちょっと、何すんの」

「今日はどこにいらっしゃいましたか」

「……誰が？　ぼくがかい？」

頷いた。

「どこでどんな仕事をしていましたか。午前中だけでいいですから、教えてください」

「今日の午前中は会社にいなかったよ。関西の方へ視察目的の出張でね。京都のすぐき漬けって知っているかい。生きたまま腸に届くスーパー乳酸菌を多く含んでいるらしいってんで話題になった商品で――」

相手の腕を小さく引っ張ることで、喋《しゃべ》り続けようとする口を塞いだ。

「では、あなたと同じ名前の方はどうですか。ほかにいますか、社内に？」

「ぼくと同姓同名の人かい？　さっきからおかしな質問をするね。いいや、いないよ」
背の高い男——植田愛悟という名前をネームプレートに掲げた社員は、そう答えた。

5

都合がいい。

午前七時のフロアには、まだ誰も出社してきてはいなかった。五十嵐以外は。

人事部長という肩書きであっても、そこは中小企業だ。個室を与えられているわけでもない。総務課長の隣に、少し広めの机が置いてあるだけだ。

仕事が溜まっているのか、五十嵐はこの時間から缶コーヒーを傍らに書類の山に埋もれていた。

「写真を持ってきました」

この男とは、できれば、昨夕のうちに会っておきたかった。だが、電話で言っていたように、あれからすぐに退社してしまったらしく、捕まえられなかった。

「ご苦労さん。だいぶ凝っちまったろう」

いつかもそうしたように、五十嵐は片手で肩を揉む仕草をしてみせた。それを無視して、勇司は写真の束を床にぶちまけた。

「失礼しました。でも、おれはもう、これを順番どおりに戻すことができません。すみませんが、五十嵐さん、あとはあなたが整理してください」

「おいおい、どうした」

五十嵐は立ち上がり、近くの茶簞笥《ちゃだんす》から来客用の湯飲みを取り出した。

「何があったのか知らないが、だいぶ気が立っているようだね。一服したらどうだ。こんなものでよければ、だが」

五十嵐は湯飲みに缶コーヒーの中身を注いで差し出してきた。返す手で、自分のマグカップにも注ぐ。缶には直接口をつけない。彼の流儀は一年経《た》っても変わっていなかった。

「漬物といえばお茶——ってのは、とんだ偏見だ。朝はやっぱりコーヒーだよね。あいにくと自分で淹れる暇はないけどさ。まあ、飲んで落ち着けよ」

いらないと突き返し、睨《にら》みつける視線に力をこめると、五十嵐は困ったように額に手を当てた。「だから、何があったんだい」

「五十嵐さん、知っていたんですね」

おれの症状を。その言葉を付け加えなくても通じたようだった。五十嵐は何ら訊き返すこともなく、目で頷いた。

「どうして――」

「知ることができたのか。そう訊きたいんだね」

言葉を引き継いだ五十嵐は、背広のポケットをしばらくまさぐったあと、小さな紙切れを取り出し、机の隅に置いた。紙には【スタンプ二十個で五百円引き】と印刷されている。先日まで働いていたうどん店のサービス券だった。

「ぼくは蕎麦《そば》派だが、我慢して食べたよ。きみに逢《あ》いたくてね」

二十あるマス目のうち、スタンプで埋まっているのはちょうど半分。その数だけ五十嵐はあの店へ足を運んだということだ。

「十回通ったうち、きみと逢えたのが五回だ。三回は注文をとってもらい、二回はうどんを運んできてもらった。だが、挨拶は一回もしてもらえなかった」

五十嵐は肘をついて指を組んだ。

「最初は、単にぼくの顔を忘れたからだろう、と思った。だが、店内できみの動きを観察しているうちに、妙なことに気づいた」

組んだ指に顎を乗せ、五十嵐は床に散らばった写真に目を落とした。

「きみは決して客と顔を合わせようとしなかった。代わりに客と向き合ったとき、まず相手の体をじろじろと見ていた。体型をざっとサーチする、といった感じだった。それから服の胸や袖のあたりに目をやっていた。たぶんそこにネームプレートが付いていたり、イニシャルが刺《し》繍《しゅう》されているのを期待してのことだろうね。違うかい？」

違わない。そのとおりだ。

五十嵐はマグカップを口に運び、いったん舌を湿らせた。

「それでも相手が誰なのか分からない場合、きみは耳に神経を集中させていた。声に記憶がないか探るためだ。鼻をひくひくさせたりもしていた。これは体臭や香水の匂いを察知するためだろう。要するに、首から下の要素で相手の特徴を捉えようとしていた。では、なぜそんな面倒なことをするのか？　ちょっと信じられないが、どう考えても理由は一つしかない。きみには——」

五十嵐の目がこちらを向いた。憐《あわ》れんでいるでも、見下しているでもない。普段とまったく変わりのない目だった。

「人の顔が判別できないからだ」

勇司は目を伏せた。

震災のあと、ようやく高熱が治まったとき、その驚愕《きょうがく》は襲ってきた。父親も母親も友人も、誰の顔も認識できなくなっていたのだ。どの顔を見ても、目が二つあり、鼻と口が一つある、という程度の把握しかできなくなっていた。

慌てて医者に症状を訴えると、「相貌失認のようです」との答えが返ってきた。二匹の猿、あるいは二頭の馬。その区別が、人間には簡単にはつけられません。それと同じ現象が人間の顔でも起きるのが相貌失認症です。脳内にある「顔ニューロン」という部位が損傷を受けたときに起きる病気です……。

医者の説明は丁寧だったが、だからといって、すんなりと受け入れられるはずもなかった。

接客態度に問題ありとして、アルバイト先を相次いで解雇されたのも、この病気のせいだった。

「なるほど、それじゃあ、一度ばらばらになった写真を元の順番に並べることも難しいだろうな。──よし、いいよ。これはぼくが片付けておこう」

「そこまで分かっているなら、話は早いでしょう」勇司は五十嵐に詰め寄った。「昨日の夕方、第三工程長の植田さんに会いました。彼は身長が百九十センチ近くありました。だけど午前中におれの前に現れた植田さんは、そんなに背が高くなかった」

「ほう。ずいぶん早く伸びたもんだ。そういえば、植田の好物は筍《たけのこ》だっけか──」

勇司は五十嵐の軽口を手で遮った。

「その後、小野工程長とも会いましたよ。彼は反対に、背が低く小太りでした。これも研修のときとまったく違う体型でした。原工程長とはまだ会っていませんが、おそらく彼も、おれが会ったときとは違う体つきをしているでしょうね」

「みんなコロコロ変わるんだな。じゃあ好物は河豚《ふぐ》か」

勇司が上体を折って机を叩くと、五十嵐は肘を離して椅子の背もたれに身を引いた。

「つまり研修のときに現れた三人は、三人とも偽者だったたってことです。誰かが化けていたんですよ。おれが人の顔を見分けられないのを利用して、三人のネームプレートを代わる代わる付けて、おれの前にぬけぬけと現れた奴《やつ》がいたってことです」

「……らしいね」

「あの三人と同じ体型の人間が一人います」

声にしたのはそこまでだった。

――いま、おれの目の前に。

その言葉は口調で伝え、勇司は姿勢を戻した。

反対に五十嵐は、意図して一定の間隔を保とうとするかのように、椅子に預けていた体を再び前に起こした。

「化けていたのがぼくだったら、どうする」

勇司は社章を外そうと、上着の襟に手をやった。

「ここを辞めるつもりか」

「もちろんです」

「その必要はない。ぼくに言わせれば、きみの病気は、ここでの仕事にほとんど支障はない。慣れさえすれば、声や仕草から、目の前にいる相手が誰なのか、すぐに判別ができるようになるはずだ。営業のように新しく人と会う機会の多い職種では苦労するだろうが、向かない仕事はさせないさ」

そんなことが問題なのではない。信頼していた五十嵐に、ひどい騙《だま》され方をしたことがショックでならないのだ。

「まあ待てよ。なぜぼくがあんな真似をしたと思う？　辞めるにしても、それを考えてからでも遅くはないだろう」

「おれをからかったんでしょうが。そうでなければ、病気がどれぐらいひどいか知るためですか」

五十嵐は苦笑し、机の上に山と積まれた書類に顎をしゃくった。

「ふざけたりしている暇があると思うかい、中小企業の管理職に。――これを見たか？」

その言葉と一緒に書類の上に五十嵐が置いたのは、今朝の新聞だった。

【みちのくピクルス社員を逮捕】

社会面にある見出しのうち、二番目ぐらいに大きな活字は、紙面の中央あたりでそう伝えていた。

記事に目を移せば、逮捕された社員の名前は原睦三とある。

「そう。震災のどさくさに紛れて金を盗み、智ちゃんを殴ったのは、原工程長だった」

原は昨日の夜、自分から警察へ出向いた。出頭を促したのはぼくだ。三人の容疑者のうち、彼が犯人だという確信が持てたのでね。夕方に呼び出して訊問したところ、観念して罪を認めたよ。

五十嵐の説明はけっして早口というわけではなかったが、ともすれば頭の中を駆け足で素通りしてしまいそうだった。

「誰だと思う？　原が犯人だという最後の確信を、ぼくに与えてくれたのは」

今度は五十嵐がそこまでしか言わなかった。だが、

――きみだよ、宮津くん。

そう言葉が続くことは、彼の口元に覗いた稚気を含んだ笑みから明らかだった。

「もう見当はついていると思うが、ぼくが割り出した三人の容疑者とは、三人の工程長――植田愛悟、小野好成、原睦三だった」

五十嵐は、新聞の上に冊子を置いた。震災を機に発行されたあの文集だ。

「その次にぼくが注目したのは、きみの文章だ。もっとはっきり言えば、犯人は『親切そうな

名前』だったという証言だよ。ところが、容疑者三人の名前はそれぞれ、愛悟、好成、睦三だった。愛、好、睦。どれも親切そうと言えば言える名前だ。だからぼくは三人に化けた」

いまの言葉が、勇司にはよく理解できなかった。もっと説明してくれ、という目を五十嵐に向けた。

「まだ分からないか。おかしいね。この方法を教えてくれたのはきみじゃないか」

五十嵐は、机の上に、コーヒー缶、自分のマグカップ、そして来客用の湯飲みを、横一列に並べた。

「この三つの容器をそれぞれ三人の工程長のネームプレートだと思ってみなよ。そして中のコーヒーがぼくだと」

勇司は社章をいじる手を止めた。

五十嵐の意図が理解できた。中身を同じにして、どの容器が一番美味しいと感じられるかを決める。それと同じ理屈なのだ。中身の人間を同じにして、三つの名前のうちどれが一番とっつきにくくないか——つまり親切に感じられるかを、五十嵐は知ろうとしたわけだ。

「宮津くん、きみのおかげで犯人は捕まった。きみは立派に会社の、いやそれどころか社会の役に立ったわけだ。——はて、本当にあるのか？　辞めなきゃいけない理由は」

社章はもう外れかけていた。このまま外して床に叩きつけてやるか、それともバツの悪い思いを我慢して付け直すか。勇司は作業着のフラワーホールを指先で探りながら、しばらく迷った。

最期の晩餐《ばんさん》

1

相変わらず頭が痛い。おまけに今日は、臍の上あたりが、しくしくと低い声で悲鳴を上げ続けている。

昼からずっとこの調子だ。おそらくアスピリンを飲みすぎたからだと思う。この薬は胃壁を荒らす。

コンビニの店先に立って通りを窺《うかが》っていると、小太り体型の若い男が向こうから歩いてきた。達川《たつかわ》に違いなかった。

雨はまだ完全に上がってはいない。道行く人の半分は傘を差している。

わたしは達川に向かって一歩一歩慎重に歩を進めていった。

頭痛と胃痛のせいで、ともすればふらつきそうになる。ただでさえ酔っ払いが多い夜の繁華街だから、ちょっと気を抜けば、すぐに他人と体がぶつかってしまう。

そう懸念しているそばから、こっちの肩が、誰かの腕に強く接触してしまった。午後六時半、早くもどこかで一杯ひっかけてきたらしく、酒の臭いをさせたサラリーマン風の男だった。そいつがトロンとした目で睨みつけてくる。

「失礼いたしました」

丁寧な口調で謝り、わたしは足早にその場を立ち去った。いまは余計なトラブルを起こすわけにはいかない。

「あの、もしもし、すみません」

俯《うつむ》き加減に歩いてくる達川に、そう声をかけた。かつての弟分は、ひょいと眉毛を上げ、額に皺を作った。顔の向きはそのままに、目だけをわたしに向けてくる。

「あ、やっぱり達川か。久しぶりだな」

達川は、こちらの顔を目にしても、自分に話しかけてきた相手が誰なのか、すぐには分からなかったようだ。逆光になっていたせいもあるが、何よりも、まさかわたしが目の前に現れるとは思ってもみなかったからだろう。

立ち位置をずらし、顔に正面から街灯の光が当たるようにしてやると、達川は目を見張った。差していた傘がぐらりと左側に傾き、彼の右肩が小さな雨粒でわずかに濡《ぬ》れた。手から力が抜けたせいだった。それほど、こちらの姿を見て驚いた、ということだ。

わたしは傘に手を添え、ゆっくりと傾きを直してやった。

「お……お久しぶりです。桑田《くわた》さん」

「元気にしてたか」

「おかげさまで」

達川は首を縦に動かした。頷いたというより、項垂《うなだ》れたといった方が正確に思える仕草だった。

「これから家に帰るところだよな」

「ええ。この先にあるマンションに住んでいます」

「仕事はどうだ。順調か？　雑貨店の経営は」

「まずまずです」

「そうなのか。小耳に挟んだところじゃあ、二百万近く借金があったそうじゃないか」

「どうにか返済できまして」

「そりゃあよかった。――晩飯は、もちろんまだだよな。これからどうだ、一緒に」

どう答えたらいいのか迷うような仕草を、達川は見せた。

「申し訳ありません。今日は家で食べるつもりでしたから」

「おいおい、冷たいじゃないか」

「でも、買っておいたものが冷蔵庫にいろいろ入っているんです。早く始末しないと腐ってしまうんで」

わたしは達川の傘を奪った。先端を地面に向け、軽く振って雨粒を切ってから、丁寧に畳んでやる。

「達川」

「……はい。何でしょうか」

「おまえは、いまでもおれを温厚な先輩だと思っているだろう」

「ええ」

「ところがな、もう違うんだ。最近のおれは、キレやすくなったんだよ」

わたしは傘を達川に返した。空いた手で、指を一本立てると、それを自分の側頭部に向けてみせた。

「ここがな、簡単にプツンといくようになっちまった。だから、おれを怒らせるな、頼むから。ちょっとでも苛《いら》ついたら、こっちはすぐに爆発しちまうんだよ」

達川が押し黙り、下を向いた。

「よし。じゃあ最初からやり直すぞ。――これから晩飯でも一緒にどうだ」

「……はい。喜んでご一緒させていただきます」

そうこないとな、の意味で、わたしは達川の肩を軽く叩いてやった。

「おまえが好きなのは、中華料理だったよな」

「よく覚えてますね」

「大事な弟分の好みだ。そう簡単に忘れるかよ。——さてと」

わたしは揉み手をしながら周囲を見回した。

「『洛陽《らくよう》』って店が、このあたりにあると聞いたんだが」

「知っています」

「よし。そこへ一緒に行こう」

「でも、あそこはかなりの高級店ですよ」

「遠慮するなって。もちろんこっちの奢《おご》りだ。——ここから歩いていけるよな。案内してもらえないか。どっちだい」

「あっちです」

南東の方角を、達川は指さした。

わたしが前、達川がその後ろに従う形で歩き始めた。最初の交差点に差し掛かると、「そこの通りを東へ」と背後で達川が言うので、その方角へ曲がった。

「この町には、桑田さんお一人でいらっしゃったんですか」

「いや」わたしは背後を振り向いて言った。「鏑木《かぶらぎ》さんも一緒だ」

「そうなんですか。ええと、次の角を南です。——それで、鏑木さんはいまどちらに？」

「この近くにいるんだが、ちょっと別な用事があってな。いまは合流できないんだ」

「それは残念ですね。——あ、店はもうすぐそこです」

行く手に見えた「洛陽」という看板のサイズはずいぶん控え目で、達川の案内がなければ見落としていたかもしれなかった。

入店すると、待たされることなく個室に通された。可動式のパーティションで部屋の大きさを変えられるようになっている。二人用とはいえ、十分な広さが確保してある。

「高級店なのに、予約なしでもこんな個室が使えるものなんですね」

「ああ。今日は空いているみたいだな。運がよかった」

実はすでに予約してあったのだが、それは黙っておくことにした。

「あの、いいでしょうか。吸っても」

椅子に座ると、達川は上着の内ポケットから煙草《タバコ》を取り出した。

「おう。もちろんかまわんよ」

「桑田さんもいかがです」

箱からフィルターの部分だけを出し、こちらに差し出してくる。

「いいや。遠慮しておく」

「やめたんですか」

頷いた。「命取りになるんでね」

ははは、と達川は笑った。「ちょっと大袈裟《おおげさ》すぎやしませんか。まだそんなお歳《とし》でもないでしょう」

黒いエプロンを着けたウエイターがやってきた。わたしが料理を適当に注文すると、すぐに紹興酒《しょうこうしゅ》が運ばれてきた。

「おまえの家族はみんな元気か」

乾杯したあと、そう訊いてみたところ、達川の表情が曇った。

「この前、父が入院しました」

「ほう。そりゃ気の毒だな。どんな病気だ」

「心筋梗塞の一歩手前だったらしいです」

「なんてこった。血管の病気ってのは怖いぞ。おれの親父《おやじ》が死んだのも、脳動脈瘤《どうみゃくりゅう》が原因だった」

「のうどうみゃくりゅう?」

「脳の血管に瘤《こぶ》ができて、何かの拍子《ひょうし》に破裂しちまう症状だ。結果、くも膜下出血でお陀仏《だぶつ》さ」

そう説明してやったところで、最初の料理が一人分だけ運ばれてきた。それが達川の前に並べられた。

「もう一人の分は？」

達川がわたしとウエイターに向かって、交互に怪訝《けげん》な顔を向けた。

「お一人分とだけ承っております」

ウエイターの答えに、おれは深い頷きを添えてやった。

「実はな、おれは体調があまりよくないから、紹興酒と烏龍茶《ウーロン》だけをもらうことにしたんだ。達川、おまえだけ遠慮なく食べろ」

「はあ……。それではお言葉に甘えて」

最初の料理は、野菜に蜂蜜をかけたものだった。さっそく達川がそれに口をつけようとしたところで、わたしは説明してやった。

「この蜂蜜は世界一甘いと言われている」

「そうなんですか」

「ああ。特別なんだよ。シャクナゲの蜜だけを集めるハチの巣から採ったものだからな。知っているか、シャクナゲってのは、ちょっと危ない花だぜ」

「きれいな花には棘《とげ》があるといいますからね」

「そう。しかも猛毒を持っているんだ。だから、精製された蜂蜜でも、一口食べただけで昏睡状態に陥ってしまう場合もある」

　達川はいったん箸を置いた。

「脅かしてすまんな。なに、そうびるな。この店の場合は大丈夫だから。——ところで、箸はこいつを使ってくれないか」

　店の箸をこちらの手元に引き寄せ、達川には、わたしが持参した箸を渡した。シリコンゴム製の箸だった。

「……どうしてですか」

「いいから」

「使いづらいですよ。これ。柔らかすぎて」

「四の五の言わずに、それで食ってくれって。な?」

　次に出てきたのは金華豚《きんかとん》だった。浙江省《せっこう》の金華地区を原産地とする中国随一のブランド豚だ。前に一度だけ食べたことがあるが、弾力のある赤身部分の旨《うま》さは格別だった。

　豚のステーキを頬張り、「これはいけますねっ」と感嘆の声を上げつつも、達川は、どちらかといえば、一緒に運ばれてきたキノコスープの方に目を奪われたふうだった。

　白磁《はくじ》の深皿に浮いているのは、白いふわふわしたキノコで、見るからに歯ざわりがよさそうだ。料理を運んできたウエイターが言うには、これはシロタマゴテングタケと呼ばれるキノコで、かなり強い毒性を持っているものの、調理をするにあたって特別な方法で完全に無害にしてあるのだという。

「スープは、調味料で少し辛くした方が、より美味しく召しあがっていただけます」

ウエイターはそう付け加えてから出ていった。

キノコは好物だし、元は毒ありという興味も手伝って、この料理だけは、わたしも少し分けてもらって食べてみることにした。

「どうぞ」

達川は自分が使う前に、辣油《ラー》の小壜をこちらに手渡そうとした。

「ありがとう。だが必要ない」

「どうしたんです。味覚が変わられたんですか。あんなに辛い物がお好きだったのに」

「命取りになるからな」

「またですか。大袈裟ですよ。いくら辛くしても、少し胃が荒れる程度でしょう」

すべての料理が運ばれてくるまでに要した時間は九十分ほどだった。

食後の茶を淹れ終えたウエイターが部屋から出ていくのを待ち、わたしはゆっくりと口を開いた。

「実はちょっと困ったことになっている」

こちらが声の調子を低くし、表情を引き締めても、達川は箸と口を動かし続けていた。

「先日、支店に泥棒が入ってな」

ここで達川はようやく手を止めた。

「まあ、ちっぽけな事件なんだが。──達川、もしかしたら、そっちの耳にも入っているかい？」

達川は首を横に振った。「いいえ」の形に口を動かしたが、声はわたしの耳にまで届かなかった。

「どこの支店なのか訊かないのか」

「……どこの支店ですか」

「T町の雑居ビルにあるやつだ。もちろん、おまえはまだ忘れちゃいないよな。ちっぽけなノミ屋さ」

「ああ、あそこですか。もちろん覚えてます」

「手提げ金庫には二百万近くの金が入っていた。とはいえ、入り口の鍵が頑丈だから、ノミ屋の爺《じい》さん一人が番についてりゃ大丈夫だろうと組では思っていた。ところが賊は、どこで手に入れたのか、合鍵を持っていやがった」

「本当ですか」

「ああ。番の爺さんは若いころ鳴らした猛者《もさ》だが、寝込みをふいに襲われ、まるで抵抗できなかった。犯人はスキーマスクで顔を隠していた。ドスを一本手にしていたらしい」

「物騒なやつですね」

「まったくだ。ところが、ちょっと変なことがある。その犯人は爺さんに向かって、ほとんど何も喋っていないいんだな」

「……おかしいでしょうか」

「だってよ、爺さんを起こしたら、まず『黙れ』とか『騒ぐな』ぐらいは言うだろ」

「なるほど。そう考えると、たしかに妙ですね」

「実は、宿直の爺さんは、去年喉の手術をして、声がすっかり嗄《か》れてしまっていた。だから大声を出すことができなかった。そのことを、犯人は知っていたんだと思う。しかも部屋の合鍵まで手に入れている。要するに、賊は内部事情に通じていた、ということだ」

達川はシリコンゴムの箸を置き、膝に置いたナプキンで口元を拭った。

「犯人はもう一つ手掛かりを残しているんだ」

「……どんなです?」

「ひとことだけ喋っているんだよ。凶器を振り上げながら、爺さんに向かってドスをちょいと振り、部屋の隅に行くように指示した。ところが、その意味が、突然のことに泡を食っている爺さんには分からなかったらしい。だから賊は声で指示をし直した。──『北へ行け』。そう言ったんだ」

「それはつまり、『そっちの方角へ身を寄せていろ』ということですか」

「ああ。でも、おかしいだろ?」

達川の瞳がぐるりと円運動をした。

「どこがです」

「考えてもみなって。方角で言うか? 左右だろう、普通ならさ。『右へ行け』とか『左だ』とか、そんなふうに指示するもんじゃないか」

「……ですね」

「心当たりがあるんだ」

「何にです」

「そういう癖を持っている奴にだよ。左右じゃなくて、東西南北で方角を指示する癖を」

去年、足抜けの上納金三百万円を組に納め、いまは堅気に戻った男、達川は、ズッと一つ洟《はな》を啜《すす》った。

「おまえ、この店におれを案内したとき、どんなふうに言った?」

達川の目が瞬《まばた》きを繰り返した。

「『そこの通りを東』、『次の角を南』。おまえが指示した曲がる方向は、左右じゃなかったよな」

瞬きが止まらなくなった。鼻息が荒く、そして不規則になり始めている。

「組の金を狙うとは、おまえはなかなか」わたしは箸を取り、北京《ペキン》ダックを口に入れた。かなり苦い味がした。「いい度胸をしているな」

箸を置き、空いた手を上着の内側に入れた。ホルスターから二十二口径を抜き取り、テーブルの天板すれすれの位置に構え、銃口を達川の胸へ向ける。

「どうした、好物の中華だぞ。遠慮なく食えよ。まだ残っているだろ」

かつての兄貴はヒットマン。そして自分はターゲット。この状況をはっきりと理解した達川は、胃に収めたものを吐き出しそうになったらしく、慌ててナプキンで口を押さえた。

「そうか。もう一口も入らないか。もったいないが、しょうがないな」

ならば「最期の晩餐」はこれでお開きだ。

弟分の犯した不始末は、兄貴分がつける。この世界では、特に珍しくもない掟《おきて》に、うちの組も従っている。変わっている点を挙げれば、ヒットマンが引き金を引く前に、ターゲットの好きな料理を食べさせる「最期の晩餐」をするのが習わし、ということぐらいか。「それをこっちによこせ」

シリコンゴム製の箸に視線を向けてそう言ってやると、達川は顔色をすっかり失いながらも、それをナプキンで拭いてから返してよこした。その間、ずっと彼の手は震えっぱなしだった。

箸を交換したのは、これを武器にした反撃を封じるためではない。わたしたちは、けっして兄貴分には暴力で抵抗できない。そのように躾《しつ》けられているから、体が動かない。

そうではなく、箸をターゲットが自らの首にでも突き立てたりしないように、との配慮からだ。自殺を防ぐためなのだ。

以前、「最期の晩餐」中に、個室の窓から飛び降りて自害しようとしたターゲットがいた。結果は未遂だった。そいつは破門になっただけで、罰金もエンコ詰めもなしで済んだ。重い責任を問われたのは、むしろ担当したヒットマンの方で、罰金五百万円の処分を組から科せられている。

このあとは、達川と一緒に店を出る。外の車道には、すでに鏑木の運転する黒いミニバンが迎えにきているはずだ。

後部座席に達川を乗せ、その隣にわたしが腰を下ろして、組の経営する産廃処理場まで行く。一時間ほど走ったところにあるその場所が、達川が最期に見る光景となる。

わたしの仕事は、そこで達川のこめかみに一発、ホローポイント弾を撃ち込むことだった。達川の骸《むくろ》と、用済みになった二十二口径を車ごと処分係に任せたあとは、鏑木と一緒に帰るだけだ。

死体は跡形もなくこの世から消える。だから、これまで警察が立件したケースは一つもなく、姿を消した組員については、すべて「失踪」で片付けられていた。

2

会計を済ませ、外に出たところ、すぐに車のライトでパッシングを受けた。

そちらに目をやると、車道に黒いミニバンが停《と》まっていた。運転席の鏑木が、早く乗れ、というように軽く顎をしゃくったのが分かった。

達川と一緒に乗り込むと、鏑木がゆっくりと車を発進させた。

赤信号で止まった。

いったんホルスターにしまっていた二十二口径を、わたしはまた手にした。

――おい、早まるな。殺《や》る場所はここじゃない。

バックミラーの中から視線で牽制《けんせい》してきた鏑木に、分かっています、の視線を送り返してから、わたしは達川に顔を向けた。

「ロックを外せ」

え？　の形に口を開いたまま、達川は固まった。

「ドアの鍵を解除しろと言ってるんだ」

「……どういうことですか」

「外に出ろってことだよ」

達川がなおもたついていると、

「桑田」鏑木が前を向いたまま静かに言った。「おまえ、自分が何をしているのか分かっているんだろうな」

「もちろんです。――おい達川、早くしろ」

戸惑いながら自分の側のドアロックを外したかつての子分は、

「青になっちまうぞ」

そう促してやると、ようやくシートから腰を浮かし、車の外に出ていった。

行け、と目で合図してやる。

達川は深々と頭を下げてから駆け出し、雑踏の中に消えていった。

とんでもないことをしてしまった。だが、たぶんわたしは悔いてはいなかった。何度考え直しても、かつて可愛《かわい》がった弟分を射殺するなど、わたしには絶対にできそうになかった。

信号が青になった。鏑木は黙って車を出した。兄貴分の運転する車の後部座席に、弟分のわたしが乗っているのだから、座り心地がいいはずもなかった。

「なあ桑田」

「はい」

「念のため、おれに組の掟を教えてくれないか。ヒットマンがターゲットをわざと逃がした場合、どうなる？」

「今度はそのヒットマンがターゲットになります」

「つまりこの場合、ターゲットは誰だ」

「……わたしです」

「じゃあ、そのターゲットを始末するヒットマンは誰だ」

「ターゲットの兄貴分です」

「つまり誰だ」

「鏑木さんです」

「ほう」鏑木は少し車の速度を上げた。「つまり、これからおれがおまえを拳銃で撃ち殺せばいいわけだな」

「……そういうことです」

「桑田」

「何でしょうか」

「言っとくが、おれに仏の慈救《じく》を期待しても無駄だ。おまえほど甘くはねえからな、こっちは」

「……分かってます」

このとき鏑木がちっと小さく舌打ちをした。わたしの行動に苛ついたためなのか、それとも前を走っていたセダンが、ウィンカーを出さずにこちらの車線に割り込んできたせいなのか、よく分からなかった。

「おまえ、さっきの店で何か食べてきたか」

「いいえ。ほとんど何も」

キノコのスープと北京ダックを除けば、口に入れたものは紹興酒と烏龍茶だけだ。

「そいつはよかった。ではこれから貴殿をお客として招待しよう。最期の晩餐にな」

「喜んでご馳走《ちそう》になります」

虚勢を張って絞り出した返事の声には、さすがに震えが混じった。

「おまえは洋食党だったな。イタリアンとフレンチ、どっちがいい」

「じゃあ、フレンチでお願いできますか」

次の赤信号で止まったとき、鏑木は携帯電話を手にした。喋った言葉から、店の手配をしたのだと分かった。

時間を調節するためか、繁華街の中をしばらく流すように走ってから、鏑木は狭いコインパーキングにミニバンを突っ込んだ。

駐車したあと、彼は体を捻り、こちらに右手を差し出してきた。

「そういえば、まだ肝心のものを預かっていなかったな」

わたしが二十二口径を渡すと、鏑木は体を前に倒した。拳銃は背中側の腰に隠しておく。それが彼の流儀であることは、長い付き合いだからよく承知している。

鏑木が車から降りて歩き始める。

彼の背中を追いながら、わたしは言った。「兄貴、見逃してはもらえませんか」

「見苦しいぞ。そんなに命が惜しいか」

「いいえ。兄貴を人殺しにしたくないんです」これはわたしの本心だった。

「ありがたいな。じゃあ自殺でもするか」

「そしたら兄貴が罰金を払うことになりますよ」

それも耐えられない。わたしは幾度となく鏑木に助けてもらってきた。恩を仇《あだ》で返すような真似だけは断じてできない。

「そう。おれは罰金なんぞ払うのは御免だ。だから絶対、おまえに自殺はさせない。まあ、余計なことを考えずに、組の掟に従うこった。それが一番だろ」

もう黙るしかなかった。

鏑木の背中に視線を据えて歩き続けていると、見るからにガラの悪そうな若い男が歩道に立っていた。そのチンピラふうの男に、わたしの方からぶつかっていった。

「てめえっ」とわたしは怒鳴《どな》った。「人にぶつかっておいて、挨拶もなしか」

「すみません」

若い男は頭を下げた。見た目とは裏腹な物腰に気勢を殺《そ》がれる思いだったが、つっかかっていった手前、わたしもそう簡単に引くわけにはいかなかった。

「すみませんじゃねえだろ。てめえのせいで肩を怪我したぜ。どうしてくれるんだ」

自分でも嫌になるくらい陳腐《ちんぷ》な言いがかりだった。

「桑田、落ち着け。ふらついたのはおまえの方だろうが」

小声で窘《たしな》める鏑木に、放っておいてくださいと目で言い、わたしは若い男に詰め寄っていった。

若い男がつかみかかってくることを期待したが、彼はさっさと逃げていってしまった。

「さあ、こっちだ」

肩越しに、どこか憐れむような視線をちらりと投げてよこしてから、鏑木はシティホテルに入っていった。

先の中華料理店からは、直線距離にして三百メートルぐらいしか離れていない場所だった。

フロントを横切り、エレベーターに乗った。箱の壁にはレストランの案内図が掲示してあった。最上階にある店の一つが『シャルマン』といった。名前の響きからして、鏑木がわたしを連れていこうとしているフレンチの店は、そこに違いなかった。

二人用の個室はすでに準備してあった。先ほどの『洛陽』で使った部屋よりもいくらか狭いように感じられた。

「まさかとは思うが、ここから飛び降りようなんてことは、考えちゃいねえよな」

鏑木は窓際に行き、二面ある大きなガラスをコツコツと叩いた。

「そいつは無理な相談だぜ。この窓は二十センチしか開かないうえに、ガラスは体当たりしただけじゃあ壊れないくらい分厚い。それから――」

鏑木は右手を背後に回した。

「おれの許可なくこの部屋から出ていこうとしたら」彼が手を前に戻すと、そこには、先ほどまでわたしが所持していた二十二口径が握られていた。「こいつの弾がおまえの背中を追いかけていくからな」

「分かってます」

わたしの席に準備されていたナイフとフォークを、鏑木は全部自分の手元に置き直した。

「こっちを使え」

シリコンゴム製の食器を渡された。

最初にサーブされたのは海亀のスープだった。それを持ってきたのは四角い顔をしたウエイターだった。彼の微笑に向かって、わたしは白いテーブルクロスを指さしながら言った。

「これを変えてくれないか」

案の定、それまで微笑を絶やさなかったウエイターの顔がわずかに強張《こわば》った。「失礼ですが、汚れていましたか」

「いや」

「では、なぜでしょうか」

「いいから、変えてくれ。赤いやつがいい」

「承知しました」

元の微笑を無理に作り直してウエイターが出ていくと、「何を考えている」と鏑木も訊いてきた。

「好きな色なんですよ、赤は。人生最後の食事ですから、わたしの思うとおりにさせてください」

勝手にしろ、というように手を振った鏑木に、わたしは言った。「煙草をもらえますか」

「やめたんじゃなかったのか」

「お言葉ですが、兄貴。こっちは、あと何十分かの命ですよ。いまさら禁煙してどうします」

ふっと鏑木は笑った。「違いねえ。好きなだけ吸え」

鏑木の手から煙草を箱ごと受け取ったとき、先ほどのウエイターが赤い布を持って戻ってきた。

テーブルクロスを交換してもらったあと、わたしは改めて海亀のスープに向き直った。スプーンだけは金属製のものを使うことが許されている。それで一口すくい、口に運んでみたが、案の定、いまの心理状態では、まったく味が分からなかった。

スプーンを置き、煙草を吸い始めた。久しぶりだったから、激しく咽《む》せた。

次の料理は、そば粉で作ったクレープの上にキャビアとサワークリームの載ったものだった。それを持ってきたのは、さっきと同じ四角い顔に微笑を湛《たた》えたウエイターだった。わたしは彼に言った。

「タバスコをもらえるかな」

「辛い調味料ですと、こちらの料理にはあまり合わないと思われますが、よろしいでしょうか」

「かまわない。なるべく辛いやつを頼む。——待った。タバスコよりハバネロの方がいいな」

ウエイターが、フォアグラの詰まったうずら肉と一緒にハバネロの小壜を持ってきた。それをうずら肉にかけて頬張ると、たちまち汗が出てきた。動悸《どうき》も激しくなり、頭がずきずきと痛み始めた。

「兄貴。一つ、頼みがあります」

「……言ってみろ」

「チャカを出してもらえますか」

「ここでか？　馬鹿を言うんじゃねえ」

わたしは立ち上がり、個室のドアが外側から開かないよう、空いていた椅子をノブにかませた。

「これで誰も入ってきませんよ」

「ここじゃあ殺らないって言ってるだろうが」

「それじゃあ、わたしはもう出ていきます」

がんがんと痛む頭に軽い目眩《めまい》を覚えながら、椅子を元の場所に戻した。ドアノブに手をかける。

「待て」鏑木が立ち上がった。「もし出ていくなら、ここでおまえを撃つ」

そう言いながらも、鏑木はまだ拳銃を出してはいなかった。

わたしはノブを押し下げ、ドアを開けた。

「そこまでだ」

ノブに手をかけたまま背後を振り向くと、彼は二十二口径を構えていた。銃口がこちらに向けられている。

「桑田、おまえ、いったい何がしたいんだ」

その問いには答えず、わたしはドアを閉め、自分の席に戻った。鏑木の拳銃をじっと見つめる。

「来るな。それ以上は近寄るんじゃねえ」

その言葉がまるで耳に入らなかったふうを装い、さらに一歩を詰めたわたしは、彼の前にひざまずき、銃身を右手で握った。

「やめろって言ってるのが分からねえのか」

極力わたしを刺激しないようにだろう、優しく囁《ささや》くような口調になった鏑木の声を、なおも無視し、銃口を額に当てた。

次の瞬間、わたしの耳は、パンッという乾いた破裂音をたしかに捉えていた。

3

歩いている途中、気がつくと爪先立ちになっていた。そこで歩行をやめようと思ったのだが、足が勝手に動き続ける。やがて爪先が地面から離れた。それでも足の動きが止まらない。

歩けば歩くほど、体はどんどん空高く上昇していく。下を見れば、街並みがもう小さくなっていた。そうするうちに目の前が白く霞《かす》んできた。雲の中に入ったのだ。とても寒くて、息もできない。それでも自分の体は上昇をやめなかった。

間近に人の気配を感じ、わたしは目を開けた。同時に欠伸《あくび》が出た。

「悪かったな。起こしちまって」

涙のせいで視界がぼやけ、相手の顔をはっきり見ることができなかったが、声には聞き覚えがあった。

鏑木——珍しい名字だが、それでもすぐに漢字が頭に浮かんだし、読み方についても、脳内できっちり音に変換することができた。

「夢を見ていたのか」

鏑木は言い当てた。きっと目蓋《まぶた》の下でわたしの眼球が小刻みに動いていたからだろう。

「どんな夢だ」

「言っても笑いませんか」

そう訊いたつもりだが、うまく言葉にならなかった。脳にダメージを受けているため、思うように口が回らないのだ。唇の端から涎《よだれ》が垂れてしまったのが分かったから、わたしはテーブルの上からティッシュを一枚抜き取った。幸い、手足は意のままに動かせる。

「おまえならよく知っているはずだぜ。おれが滅多《めった》に笑わねえ男だってことをよ」

「じゃあ言います。歩いている途中で、体が浮き上がる夢です」

一語一語区切りながら発音して教えてやると、鏑木は、

「くだらねえ」

遠慮の欠片《かけら》も見せずに大声で笑いつつ、懐から白い封筒を取り出した。

どのくらい入っているのだろう、兄貴分の男は、「見舞い」と書かれた厚みのあるその封筒を、どすんとベッドサイドテーブルに放り投げるようにして置くと、丸いスツールに腰を下ろした。

「お気遣《きづか》い、ありがとうございます」

「堅い挨拶は抜きにしろ」

鏑木は煙草を銜《くわ》えた。だがすぐにここが病院であることを思い出し、バツの悪い顔でそれを屑籠《くずかご》に投げ捨てた。

「達川が警察に自首したぜ」

「そうですか」

「おかげで違法なノミ行為がばれ、組はいまてんやわんやだ」

「そんなときに、すみません。入院なんかしちまって」

「謝るな。しょうがねえだろ。頭をパンとやられちゃあよ。――ところでおまえ、退屈してないか」

「いいえ、それほどでも」

いまのところは日がな一日、病室の天井を見上げているだけだが、今後の身の振り方を考えるのに案外忙しく、目が覚めたと思ったらすぐ夜になってしまう。

「なに、『しています』？　おお、そうか。じゃあいまから読み聞かせってやつをしてやるから、ありがたく思え」

鏑木は一枚の紙を手にしていた。それを顔の前に掲げた。

「これは、ここの受付に置いてあったチラシだ。いいか、読むぞ。――『喫煙はしない。辛い物を食べない。人と争ったり喧嘩《けんか》をしたりしない。赤など刺激の強い色を目に入れない』。もう一つあるな。『恐怖を覚えるような目に遭わないことも肝心です。冒険心もほどほどに、安全に暮らしましょう』――だとさ」

鏑木は、そのチラシをわたしの毛布の上に置いた。

「ところで、おまえ、この前の晩は、いま読みあげたことを、ことごとく破ったよな」

【血圧を上げないための注意事項】――表題部にそう書かれたチラシから視線を外し、わたしはやっとの思いで上半身を起こした。

　このとき、担当の看護師が体温計を持って病室に入ってきたが、それはわたしではなく、斜《はす》向《む》かいのベッドにいる患者の体調を管理するためだった。

　鏑木は指を一本立てると、それを自分の側頭部に向けた。

「『おれはキレやすいんだ。怒らせるなよ。爆発するからな』――おまえ、達川にそんなふうに言ったそうだな」

「ええ」

「ったく、ありがたいぜ」指を頭から離し、斜向かいを気にしてか、鏑木は声を潜めた。「しかし、おまえも脳動脈瘤持ちだったとは、気の毒な話だ。たしかに血管が切れやすく、爆発するわな。そういえば、おまえの親父さんはそれで亡くなっていたよな」

「遺伝しやすい病気なんですよ」

　こちらの会話に聞き耳を立てていたらしい看護師が、患者の体温を測り終えて部屋から出ていく間際に、そうひとこと解説を添えていった。

　鏑木を人殺しにしないためには、自分が死ぬしかないが、自殺の手段は封じられている。それでもわたしには一つだけ手が残っていた。

　病死だ。

　チンピラとの喧嘩、赤いテーブルクロス、煙草、ハバネロ――思いつくかぎりの手を使い、何とかして血圧を上げ、脳内の時限爆弾を破裂させてやろうとしたが、ことごとく失敗した。それをやっと果たせたのは、銃口を額に当て、その恐怖心に心底震えたときだった。

とはいえ、その拳銃を手にしていたのが鏑木なのだから、彼に心理的な負い目を、いくらかは感じさせてしまったに違いない。

「浮かない顔しやがって。おまえはめでたく破門の身だ。堅気になって出直せるんだぞ。めでたいことじゃねえか」

鏑木は疲れ切った様子でスツールから立ち上がった。

「達者でいろよ」

かつての兄貴分はこちらに背を向けると、振り返ることなく足早に病室を出ていった。

わたしは首を捻り、鏑木が置いていった見舞金の入った封筒に目を向けた。

この厚さだと、百万円近く入っているかもしれない。それだけの金額を出せるのなら、鏑木が組から罰金を科されることはなかったようだ。

ガラスの向こう側

1

書類仕事が一段落した。伊関陽平《いせきようへい》は机から顔を上げて首筋を揉んだ。

「お疲れみたいですね。どうぞ」

茶を運んできてくれた有村華絵《ありむらはなえ》の柔らかい笑顔に、伊関は一瞬、首筋の凝りを忘れた。

「ありがとう」

軽く頷くようにして礼をしたところ、ワイシャツの襟を華絵の指で摘まれた感覚があった。

「ゴミがついていましたよ」

華絵はまた一つ微笑《ほほえ》んでから、自分の事務机に戻っていった。

茶をゆっくり啜ってから、伊関はそっと彼女の方へ視線をやった。華絵が伝票の集計に使っているのは電卓だ。隣の机には会社の備品であるデスクトップ型のパソコンが置いてあるが、華絵はまだその使い方を覚えていない。

ボタンの押し間違いが多く、何度も同じ計算をしているらしい。そんな彼女の様子を見ていると、足がむずむずしてくる。そばへ行って手伝ってやりたい。そんな衝動にかられてしまう。

「よそ見していられるほど、うちは暇だったかなぁ」

耳元で嫌らしい声がした。顔を上げると、すぐそばに並川拓虎《なみかわたくと》が立っていた。くちゃくちゃとガムを嚙《か》んでいる。

「すみません」

伊関が慌てて顔の向きを机上に戻すと、

「おっと」

並川はわざと湯飲みを倒した。

伊関は急いで椅子から離れ、転がった湯飲みを拾い上げてから、床をティッシュペーパーで拭いた。

「濡れちまったじゃねえか。どうしてくれるんだ」

並川はサンダルの裏を伊関の服にこすりつけた。

「おや、ゴミがもう一つついてるぞ、伊関」

着ている背広の首筋に、柔らかくて生温かいものが押し付けられる感覚があった。おそらく並川が嚙んでいたガムだ。

「身だしなみは大事だからな。きれいにしておけよ」

並川が去っていくと、また華絵が近寄ってきた。

「貸して」

華絵は伊関の背広を脱がせた。

「これ、預かっておきますね。給湯室の冷蔵庫に入れておきます」

「え、冷蔵庫?」

「ガムを洋服につけてしまったら、そのまま水か氷で冷やして、固めてしまうといいんですよ。十分固まれば、そのままはがせますから」

「そうなんですか」

息がかかる距離で、伊関は華絵の顔を見た。どうしてこんなに気立てのいい女性が、あれほどろくでもない男に惚《ほ》れているのか、不思議でならない。

今年で二十二歳になる華絵は、戸籍上、並川の養子になっていた。

四十七歳の並川は彼女に、養子縁組を解消して結婚してやるから、と持ちかけ、自分の世話をさせている。結婚する旨については、きちんと自筆で書面にし、拇印《ぼいん》まで押したという。その書類を、華絵は並川と住む自宅に保管し、ことあるごとに胸に押し抱くようにして将来の幸せに思いを馳《は》せているらしい。

その一方で並川は、遊び三昧《ざんまい》の生活を改めようとしない。何人かいる愛人との浮気を楽しむために、最近は郊外に別宅まで建てた。

片や華絵は、いつか結婚してもらえるから、と彼の放蕩《ほうとう》には目をつぶっているようだった。

「あんまりストレスを溜め込むと、突発的に暴力衝動が起きることがあるんですって。気をつけてくださいね」

突発的。暴力衝動。これまで華絵の口から聞いたことがなかった難しい言葉だ。

並川から結婚話が出て以来、高校を中退している華絵は、学のない自分を恥じ、社長夫人にふさわしい人間になるんだ、と本を買い込んでさまざまな勉強を始めた。

『結婚前の女性に贈る三十章』、『家事は科学で解決しよう』、『知らないと恥をかく一般常識』、『誰にでもわかるやさしい民法』、『これだけは聴いておきたいクラシック音楽』……。

華絵の机を見れば、書類の陰に、彼女が休憩時間に読んでいる書籍のタイトルが見え隠れしている。

服についたガムの処理法も、最近になってそれらの本から吸収した知識なのだろう。

勉強に身を入れる一方、時間があればデパートでウィンドウショッピングをし、家具や食器など、新婚生活を始めるうえで買い揃《そろ》えたいものを、あれこれ見て回っているようだった。

事情があって十年近く勤めた警察を辞め、この〈並川商事〉に入社してから、すぐに後悔した。社長の並川はサディスティックな性格で、ちょっとでも虫の居所が悪ければ、社員にひどい嫌がらせをする男だった。理不尽な仕打ちを受けるたび必死に耐えているが、殺してやりたい、との衝動を胸の裡《うち》で抑えるのにいつも苦労している。

「ごめんなさいね。こんなひどいことはやめてくださいと、わたしから社長に言っておきますから」

「いいえ。その必要はないです。ぼくが直接言いますよ。今晩、社長の別宅にお邪魔する予定になっているんです」

「え……。嘘でしょう」

本当だった。午後九時に約束している。華絵は少し羨望の表情を覗かせた。彼女は、新しく建った別宅の外観をとても気に入っていた。だが、中に入れてもらったことはまだないのだ。

「そこではっきりと、ぼくの言いたいことを社長に伝えるつもりです」

「でも、カッとなっちゃ駄目よ」

ときどき、歳上のような台詞《せりふ》をまったく悪気なく言うところも、彼女が持っている魅力の一つだった。

2

伊関は、床に倒れている並川を見下ろした。

首に手を当ててみる。脈はなかった。後頭部から血を流し、並川は完全にこと切れていた。

――やってしまった……。

呆然《ぼうぜん》としていたのは、ほんの数秒だけだった。伊関は、すぐに行動を起こした。

まず、凶器となったブロンズ製の虎の置物を、自分のバッグにしまった。

次に家の中をあさり、ガムテープを探した。

並川の別宅に上がったのは初めてのことだ。何がどこにあるのか勝手が分からなかったが、幸い、それは居間ですぐに見つかった。

並川の死体に屈《かが》み込んで、衣服に目を凝らす。彼が身に纏《まと》っている衣服とは明らかに違う繊維が付着していれば、ガムテープにくっ付ける方法でそれを始末していった。

さらに並川の爪の中を調べた。台所にあった楊枝《ようじ》をピンセット代わりに使い、糸くずや皮膚片を慎重に採取していった。

次に電気掃除機を探した。居間を出たところに物置用の部屋があり、掃除用具はそこにしまわれているようだった。

キャニスター型の電気掃除機を探し当てるまでに、少し時間を食ってしまった。普段使うことがないらしく、新聞紙の束と灯油用のポリタンクの陰になって、視界に入らなかったせいだ。

電気掃除機のスイッチを入れ、床に落ちているはずの頭髪や体毛を採取していった。もちろん掃除機をかける前に、これ以上、現場に毛を落とさないよう、自分の頭にタオルを巻くことを忘れなかった。

そう、特に怖いのは頭髪だ。たった一本から、血液型や年齢層が割り出されてしまう場合もある。

電気掃除機をかけ終えると、今度は、普段から持ち歩いている虫眼鏡《むしめがね》を手にし、床に屈み込んだ。掃除機で吸い残した微物を、一つ一つ手で採取していく。

その途中で、伊関はいったん手を止め、考えた。

――誰がこの事件を担当するのだろう……。

一人の男の顔が浮かんだ。遠山牧夫《とおやままきお》の顔が。

彼が出てこないことを祈りながら、伊関はまた手を動かし始めた。

3

うっかり爪を噛もうとして、竹野圭一《たけのけいいち》は慌てて指を口から離した。だが遅かった。運転席から遠山がこちらを見て、薄く笑っている。

「おまえ、だいぶ緊張しているな」

「してませんよ」

「無理するなって。爪を噛むのは不安の表れ。そう相場は決まってるんだよ。まあ、おまえにとっちゃ初の現場だ。無理はないな」

竹野はサイドウィンドウを少し下ろし、外の空気を吸い込んだ。

今年の春から夏にかけ、警察大学校で三ヵ月間の教育を受けた。その後、都内の交番で一ヵ月の勤務実習をしたのち、生まれ故郷であるこのY県Y署に本日付けで配属されたばかりだった。

これから九ヵ月にわたり、総務、交通、警備といった仕事を一通り体験することになる。その手始めが刑事というのは嬉しかった。犯罪捜査は最も興味のある分野だ。

——こちらにおりますのが、指導を担当する遠山係長です。

今朝、三十歳以上も年長の署長から、うやうやしく敬語で紹介されたのは、五十代前半の男だった。

少し腹の出た体型も、後頭部の地肌が透けて見える頭髪も歳相応。遠山牧夫は、取り立てて目立ったところのない人物だ。

ただ一点、彼が自分の父親であるという事実を除いては。

「圭一、おまえ、給料はいくらもらってるんだ？　警察庁所属のキャリア様ともなれば、おれたち地方組とは桁が違うんだろうな。やっぱり」

「いまは関係ないでしょう、そんな話は」

「そいつがあるんだな。懐に四、五十万かそこらの大金を持っていると、人間、誰しも気持ちが大きくなるだろう。心理的に余裕ができるわけだ。つまり、少しは緊張感も和らぐって寸法だ」

竹野は鼻で笑った。それは拝金主義的な古い考えと言っていい。四、五十万円もポケットに入れていたら、落としてしまうんじゃないかと不安になる。かえって緊張してしまうに決まっている。

「そんなことより、何て呼べばいいんですか」

「誰をだ」

おれをか？　というように、遠山が片手をハンドルから離し、自分の顔を指さしたので、竹野は黙って頷いた。

「『遠山係長』以外にないだろ、常識的に」

「それはそうですけど、ぼくが言ってるのは、仕事中に二人きりになってしまったときのことですよ。いまみたいにね」

「何も『父さん』でいいんじゃないか」

言われてみればそうだ。遠山は普段から刑事課の仲間から「遠さん」と呼ばれているらしいから、「父さん」と呼びかけたのを誰かに聞かれてもごまかせる。

「じゃあ、おれはおまえをどう呼ぶ？　『おまえ』か『圭二』でいいよな」

「駄目です。名字で呼んでください」

配属初日から、民家で死体が見つかったとの報を受け、こうして遠山と一緒に臨場することになった。

それは仕事だから別にかまわない。困るのは父親と組ませられたことだった。当然Y署では、二人がどういう間柄なのかを把握しているはずだ。だとしたら、公と私の区別をもっとつけやすいパートナーを選んでくれてもよさそうなものだが。

見ず知らずの他人よりは、気心の知れた相手の方がいいだろう。そんなふうに気を利かせたつもりなのだろうが、余計なお節介《せっかい》としか言いようがない。

そもそも、親子なのに名字が違う理由を少しは考えてもみてほしい。かつて家庭内に不和があったことは一目瞭然だろうに。ならば父子の関係も順調ではないことぐらい、容易に察しがつきそうなものだが……。

そうこうしているうちに車は郊外の一軒家に到着した。

真新しい木造二階建て。それほど大きくはない。建坪は五十ほどか。両隣は空き地になっている。

居間で死んでいたのは四十七、八ぐらいの男だった。後頭部を鈍器で一撃されている。ざっと現場を見回してみたが、凶器らしきものは見当たらない。すでに犯人の手で持ち去られたようだ。

検視官の言葉によれば、殺されたのはおそらく昨日、七月三十一日の晩だろう、とのことだった。

そのうち竹野は、鑑識係が頭を抱えていることに気づいた。

「弱ったな」、「どうすんだ」といった呟《つぶや》き声が連中の間から聞こえてくる。

どうやら、指紋はもちろん、毛髪の一本も採取できないらしい。ありとあらゆる痕跡がきれいさっぱり消されているのだ。

——そんな馬鹿な話があるか。

警部補である竹野は、階級が自分より下の鑑識課員に手招きをした。

「犯罪捜査規範の第百八十三条第二項には、何と書いてあるか知っていますか」

口元を覆っていたマスクをずり下げはしたが、何も答えられずただ瞬きを重ねるだけの課員から視線を外し、竹野は遠山の方を向いた。

「遠山係長、あなたはどうです？」

「忘れちまったな」

「『鑑識を行うに当たっては、周密を旨とし、微細な点に至るまで看過することのないように努める』ですよ」

もっとよく探せと鑑識課員に発破をかけるのに、こんな条文を口にしたところで効果はないだろうことは承知していた。それでも何か言わずにはいられなかった。微物の一つも採取できないなど、通常ではありえないことだ。

自分の目で確かめてみようと、しゃがみ込んで床に目を近づけたとき、遠山が近寄ってきた。

「竹野、この現場を見てどう思う」

「はっきり言っておきますがね、父さん」竹野は遠山の耳に口を近づけ、声を押し殺した。「ぼくにはあなたの指導など必要はないんです。いまは階級が同じですが、あと一年もすればこっちは警部だ。ゆくゆくは本部長になってこの県警に帰ってくるかもしれないんですよ。どっちの立場が上なのか、よく考えてください」

本当は、こっちがあんたら田舎《いなか》刑事たちを指導する立場なのだ。

「……分かった。だったら、この事件では、おまえがおれをリードしてくれ」

「いいでしょう。——で、遠山係長はこの現場を見てどう思ったんです?」

「痕跡の消し方がプロ級だな」

「そのとおり。プロなんです。犯人は微物の扱いに長《た》けているんですよ。ただのゴミではなく〝微物〟という点が肝心です」

「つまり、犯行時にここにいたのは……」

「おそらく、鑑識の仕事をしたことのある人間だということです。異論はありますか」

遠山は腰に手を当て、ゆるく首を振った。

「じゃあ、すぐに容疑者のリストを作りましょう」

4

現職はもちろん、過去に鑑識の仕事に携わったことがある者をも含めた容疑者リストができあがった。その中から、犯行があったと思われる時間帯に、はっきりとしたアリバイを持たない者が、一人浮かび上がってきた。

伊関陽平、三十四歳。

伊関は、親の介護をするため、四年前に県警を退職していた。親が亡くなった後は、自宅の近くにある小さな商事会社で事務の仕事をしているらしい。

彼と親交のあった者の話によると、伊関はクラシック音楽が趣味の物静かな男だが、言うべきことはきちんと主張する性格だという。

「父さん、この伊関ってやつを、とりあえず任意で引っ張ってきてもらえませんか」

「分かった。――いや、返事は『分かりました』の方がいいか?」

好きにしてください、と竹野は手を振った。

「話はちょっと変わるがね、竹野係長」

遠山は自分の袖口を指さしてみせた。竹野が自分の着ている背広の同じ部分に目をやってみると、そこにあったはずのカフスボタンが一つ、取れてなくなっていた。

「老婆心ながら言わせてもらうが、リーダーならリーダーらしくしたらどうかな。いくらキャリア様でも買い物をする時間ぐらいあるだろう」

いや、そんな時間はない。人前で余裕があるところを見せるためには、一人でいるときに修練を積んでおかなければならない。官舎に帰れば、法律、捜査、鑑識についての知識を詰め込んでおく必要があるのだ。

ここへ赴任してから連日、疲れてベッドに倒れ込むまで、参考書を前にする日が続いている。

「そう言う父さんも、何なんですか」竹野は睨みつけるような視線を、遠山が締めているネクタイにぶつけた。「そんなにみっともないものを身につけて」

「どこが悪いんだ。色か」

「いいえ。色じゃなくて材質です。それ、ポリエステルでしょう。せめて絹にしたらどうです。父さんのような人が『刑事は安月給』という間違ったイメージを作っているんですよ」

「絹は駄目だ。摩擦で繊維が裂けやすいからな。水分を吸えばやたらに膨れるし」

刑事は、とにかく聞き込みで歩き回ることが多い。動き回り汗をかく職業なのだ。だから絹のネクタイは向かない、と言いたいらしい。

「まあ、おれが車の中で待っているあいだ、代わりに係長が歩き回ってくれるというなら、絹に替えてもいいさ。だが、それはかなわんだろう。どうやらそっちがリーダーらしいからな」

遠山が言い終わらないうちに、竹野は父親から目をそらし、顎に手を当て考え込んだ。

今回の事件で困った点は、まったく物証がないことだ。これでは、容疑者を引っ張ってきたところで、自白を引き出すのに苦労するだけだ。伊関とかいう男は、おそらく徹底して黙秘を貫く作戦に出るのではないか。そうなるとやっかいだ……。

「あ、それからな」遠山が指を一本立てた。「もう一つ調べたいことがあるんだが、許可してもらえるか」

「何です」

「七月三十一日の気象データだ」

何のためにそんなものが必要なのか分からなかったが、遠山に訊くのは癪《しゃく》だった。

「好きにしてください。この事件はもう終わったも同然だ。あとは父さんのやり方を見物させてもらいますよ」

5

今日、茶をこぼしたのは並川ではなく華絵だった。

「すみませんっ」

床にしゃがんで、布巾を使おうとした華絵の腕に、伊関はそっと自分の手を重ねた。

「いいんです。ぼくがやるから」

これからこの会社がどうなるか分からないが、取引先の都合もあるから、やりかけの仕事だけは終えなければならない。社長の並川が死亡しても、休業とはならなかった。

こぼれた茶の始末をすると、休憩時間になった。

伊関は華絵のそばに行った。

「無理をしないで、有村さんは休んだらどうかな」

「……そういうわけにはいきません。わたしにも仕事がありますから」

並川の遺体はまだ司法解剖から返ってきていない。葬儀の準備はほかの親類がやるらしく、華絵の出番はなかった。

「そう。――悲しいときは、無理に明るくふるまわないことが肝心だっていうよね」

伊関は会社の備品であるCDプレイヤーに、持参したディスクを入れた。

「むしろ暗い曲でも聴いて、まずはもっと気分を落ち込ませることから始めるといいらしいよ」

持ってきたディスクは、バッハの『音楽の捧《ささ》げもの』だった。序盤の沈鬱な旋律は、底の知れない不安感を聴くものに与える。

イヤホンを華絵の耳に差し込んでやると、彼女は静かに目を閉じた。

午後三時を過ぎたころからは、ほとんどやることがなかった。

仕事を終えたあと、伊関は窓際に立った。

華絵が帰っていく。その後ろ姿をじっと見つめた。

彼女がどこに立ち寄るのかが気になり、ときどきそっとあとをつけたりすることがあるが、いまは下手に動かない方がいいだろう。そろそろ刑事が来るだろうから、対決しなければならない。

この会社で働くようになり、無垢《むく》な華絵と出会い、年甲斐《としがい》もなく恋をしてしまった。

いくら並川がひどい男でも、育ててもらった恩がある。若く世間知らずな華絵が、あの男に惹《ひ》かれたとしても、しかたがないことだと納得していた。その並川がいなくなったからといって、彼女の気持ちがすぐに別の男へ移りはしないだろうことも承知している。

おそらく、華絵には自分の思いが通じないだろう。だが、それでいい。こうして遠くから眺めていることができれば十分だった。

掃除を終えてから社屋を出た。

通勤に使っているスクーターを駐輪場から引っ張り出したとき、すぐ近くに人の気配を感じた。

伊関はスクーターのバックミラーに目をやった。楕円《だえん》形をした鏡の中には、二人の男が映っていた。ゆっくりとこちらに近づいてくる。

――くそっ。

伊関は奥歯を噛み締めた。二人のうち一人が遠山だったからだ。

鑑識課員だったころ、大勢の刑事と知り合った。ほとんどの者は、本当にこれが刑事かと思いたくなるほど、どこか間の抜けたところがあった。

唯一の例外が遠山だった。この男にだけは捜査されたくない。そう心底思っていたのだが……。

もう一人の若い男には面識がなかった。たぶん見習いの刑事だろう。少し気になるのは、どことなく遠山と顔つきが似ている点だ。

「警察です」

若い男が発した言葉は歯切れがよかった。この地方の訛《なま》りは含まれていない。

「すみませんが、少しお付き合い願えませんか」

その声の底に伊関は、隠そうとしても覗いてしまうエリート臭のようなものを嗅ぎ取った。研修中のキャリアと見て間違いなさそうだ。

「いいですよ」

——これでお別れです。

伊関は、頭に思い描いた華絵の後ろ姿に向かって、そっと心の中で呟いた。

6

取調室に伊関を連れてくると、竹野は奥の椅子に座り腕を組んだ。

「伊関、と呼び捨てにするのを許してもらえるか。昔の関係に免じて」

遠山が口を開いても、伊関は意外そうな顔をしなかった。どうしてベテランの遠山が前に出て、新米の若造が奥で座っているのか。そう不思議な表情を見せるかと思ったのだが、やはり元警察官だ、こちらの内情がどうなっているか、薄々勘づいているのだろう。

「はい。呼び捨てでけっこうです。わたしも、その方がしっくりきます」

「では伊関、これからわたしが喋ることに反論したければ、遠慮なく発言してくれ。何も言い返したくなければ、黙っていてけっこうだ」

「……分かりました」

「きみは七月三十一日の夜、並川さんの別宅にいたな」

伊関は黙っている。

「きみは並川さんの遺体をくまなく調べ、ガムテープを使って微物を採取した」

やはり伊関は何の反応も見せなかった。予想どおり、だんまり作戦をとるつもりらしい。

見た目は穏やかだが、芯は頑固そうな男。そんな伊関を遠山がどう攻略するか見物だ……。

「鑑識課員時代に培った技術を活《い》かし、指紋を全部拭き取った。さらに掃除機を丹念にかけ、毛髪の一本も残らないようにした。また、虫眼鏡を使ってあらゆる微物を丹念に採取し、処分した」

まだ伊関は沈黙を守っている。

「竹野係長」遠山が急にこちらへ顔を向けた。「もしきみが犯人なら、犯行後、まず何を考える」

遠山に詰め寄られた。いまの質問には、すぐに答えることができなかった。

「一刻も早くこの場から立ち去りたい。そう考えるのが普通じゃないか」

「まあ、そのとおりでしょうね」

「では、どうして伊関はそうしなかった」

「決まってるでしょう。もちろん自分が現場にいたという証拠を、徹底的に隠滅するためでしょうが。その作業にいくら時間がかかってもしょうがなかったんですよ。必要な行為ですからね」

「では一つ訊こう。ここを並川さんの別宅だと思ってくれ」

遠山は取調室内にあるロッカーの前まで移動した。

扉を開ける。そこには新聞紙の束と灯油用のポリタンクがあった。この取り調べのために、遠山が誰かに準備させたものだろう。

「どうしてこれを使わなかった」

「たしかに放火すれば一発で証拠を隠滅できますよ。けれど、近隣に類焼するおそれがある。無関係の人まで巻き込んだら気の毒だと考えたんでしょ――」

竹野は途中で口をつぐんだ。両隣は空き地だし、気象を調べた遠山の報告によると、当日は無風だった。すると、どこにも類焼のおそれはなかった、ということになる。

「伊関。きみにはあの家を燃やせない事情があった。理由はいろいろ考えられる。例えば、きみ自身があの家に特別な感情を持っていたから。そうでなければ、きみの大事な人があの家に思いいれがあったからだ」

言いながら、遠山は伊関に歩み寄った。

「結局、一度も反論しなかったな。ならば、結論は一つしかない。――伊関、きみは」

遠山は、伊関に向かってではなく、こちらの方へ振り向いて言った。

「犯人ではない」

7

デパートに来たのは久しぶりだった。大学四年のときにスーツを何着かまとめて作った。それ以来かもしれない。

華絵は一階の化粧品売り場をゆっくりと歩いている。

――伊関は犯人ではない。

二日前、遠山のひとことを耳にしたときには、

「馬鹿な」思わず立ち上がっていた。「何を言い出すんですか」

だが、続く遠山の言葉を聞き納得した。

伊関には大事に思っている人がいた。その人物が、あの一軒家に将来の夢を託していた。だから、どうしても伊関には放火できなかった。そこで一つ一つの手作業で証拠隠滅をはかった。そうすれば、鑑識の仕事を経験している者の仕業であることがすぐにばれるだろう。だが、それはむしろ彼の望むところだった。

なぜか。真犯人を庇《かば》うためだ。

そうした遠山の説明は、すとんと腑《ふ》に落ちるものだった。

華絵は二階に上がった。婦人靴を見て回る。その視線にはもはや生気がなかった。

竹野はそっと横に目配せをした。遠山が離れたところからこちらの様子を窺っている。万が一、華絵が逃亡を試みた場合に備えて、ほかの捜査員も二名同行していた。

――愛している相手の罪を被ろう。そう考える者は少なくない。だが、わたしは訊きたい。それは本当の愛情なのか、と。

遠山の言葉で伊関は完落ちし、真犯人として有村華絵の名前を供述した。

調べてみると、たしかに華絵に事件発生当時のアリバイはなかった。

伊関の前に並川の別宅を訪れ、彼を殺したのは彼女に間違いないだろう。問題は動機だった。

それをつかむのに二日を要した。

華絵のウィンドウショッピングは続いている。もう当分、彼女は買い物ができなくなる。だから満足がいくまでやらせてあげたかった。

華絵は最上階の催し物会場まで行った。そこではドレスの展示会をやっていた。

彼女はショーケースに入ったウェディングドレスの前で立ち止まった。ガラスに映った自分の姿が、その向こう側にあるドレスをうまく着られるよう、膝を軽く曲げ、頭の高さを微妙に調節している。

このタイミングで竹野は、そっと華絵との距離を詰めた。ちらりと警察手帳を見せる。

――七月三十一日の晩、どこで何をしていたか覚えていらっしゃいませんか。

そんな質問はありきたりだ。

もっと自分らしい質問の仕方がある。そのひとことで落とせるはずだ。

「ご存じですか、民法第七百三十六条を」

この問い掛けに、華絵は観念の表情で目を伏せた。その瞬間、竹野は、ガラスが砕け散る音を、かすかに聞いたような気がした。

遠山と二人の捜査員が静かに寄ってきて、目立たないように華絵を連行した。

養親と養子は永久に結婚できない。一度養子縁組をしてしまったら、それが解消されたあとでも、両者の婚姻は不可能になる。

民法第七百三十六条は、そのように定めている。

学のないまま、並川の妻になることだけを無邪気に夢見ていた華絵。彼女は最近になって法律の本を読み、民法の定めるところがそうなっていることを知ってしまった。

信頼しきっていた男に手酷《てひど》く裏切られたのだ、殺意を抑えられなかった気持ちも分からないではない。

竹野も、遠山たちの背中を追い、催し物会場をあとにした。

途中、思い出して紳士服売り場で立ち止まり、カフスボタンを買い求めた。

支払いをする段になり、少し迷ったすえに店員に告げた。

「ネクタイもほしいんです。絹のやつを」

空《そら》目《め》虫《むし》

1

電子オルガンが弾けるスタッフは、椎間板ヘルニアを患い、先週からずっと休んでいた。そのせいで、リビングの隅に置かれたエレクトーンは薄く埃を被ってしまっている。

高橋脩平《たかはししゅうへい》は、オルガンに目を向けたまま、思わず腰に手をやっていた。腰痛は介護職の持病だ。自分もこれまで何度か苦しめられてきた。

テーブルに視線を移すと、ちょうどいい具合に、そこには毛バタキが載っていた。誰かが使ったあと、うっかりしまい忘れたものらしい。

それを使ってオルガンの埃を払い始めたとき、

「お疲れさま、脩平くん」

背後から声をかけられた。

振り返ると、そこに立っていたのは施設長の坂東阿佐美《ばんどうあさみ》だった。近々、六十三歳の誕生日を迎えるそうだが、年齢のわりに姿勢がいい。腰や膝を痛めないよう、常に気をつけながら日常業務をこなしてきた結果だろうか。

坂東は手にジャムの空き壜を持っていた。中には小さな虫が一匹入っている。虫は円形をしていて、体の色は白と黒にはっきりと分かれていた。

壜の壁をよじ登ろうとして体を立ててはみたものの、足が滑り、すぐにまた這いつくばる。そんな動作を繰り返しながら、壜底の縁をぐるぐると回り続けている。

「さっき台所にいたから、捕まえてきた」

このグループホーム『笑顔の庭』のすぐ北側は、雑木林になっている。そのせいで、ほかにも天道虫やカマキリ、蛾《が》といった生き物が、しばしば建物の中に侵入してきては、スタッフたちを軽いパニック状態に陥れていた。

——これは何という虫ですか。

脩平は目で問い掛けた。

もう四月も半ばだというのに、風邪をひいてしまった。数日前から喉の痛みが強く、まともに声を出すことができないでいる。

あと二ヵ月もすれば四十路《よそじ》に足を踏み入れる身だ。おそらく免疫力が低下しているのだろう。最近は疲れやすくてしょうがない。体調が悪いせいか、このところは気持ちもずっと沈んだままだった。

「そう訊かれると思って、インターネットで調べておいた。これはね、アカスジキンカメムシのヨウタイだよ」

ヨウタイという言葉が耳慣れないため、意味がすぐには理解できなかった。こちらの目に疑問符が浮かんだのを察知したか、坂東は「赤ちゃん。子供」と即座に説明を付け加えてから、

「よく見て、この虫」

ジャムの壜を、脩平の目の高さまで持ち上げてみせた。

「空目っていう言葉があるでしょ？　あるものが、何か別のものに見える現象のこと。この虫の背中を、空目を起こすつもりで見てみて。面白いことに気づかない？」

そんな質問を投げてよこしたあと、坂東は踵《かかと》を軸にして、少しずつ自分の体を回転させはじめた。

その動きに合わせ、カメムシの入った壜も、ゆっくりと水平に移動していく。脩平はといえば、虫に対する興味で、いまだ壜から視線を離せずにいた。

面白いこと？　何だろう……。

しばらく考えてからピンときた。カメムシの羽に浮き出た模様が、人間のにっこりと笑った顔に似ているのだ。白い部分が肌で、黒い部分が人間の髪の毛と目、そして口に見える。

「分かったみたいね」

軽く微笑み、坂東は手をさっと下げた。

突然隠れてしまった壜に代わり、脩平の目には、その向こう側にあったものが映ることになった。それは入居者の一人、トミ子の姿だった。

「脩平くんに、ぜひお願いしたいことがあるんだけど、いいかな？　トミ子さんね、このところ、ぜんぜん笑っていないのよ」

坂東の言葉どおり、いまのトミ子はやけに仏頂面をしていた。過去何日か分の嫌な出来事を、いっぺんに思い出してしまったとき、人はこんな表情を見せるのかもしれない。恨みがましい目で前方を睨み、下唇を思いっきり突き出し、顔の前で指をせわしなく動かしている。

――入居者には笑顔が一番大事だと思う。笑わないと、誰だって体調が悪くなっちゃうでしょ。できれば、その笑顔をご家族にも見せてあげられると素晴らしいよね。

坂東は常々、そんなことを口にしていた。

「あなたの力で、どうにかしてトミ子さんを笑わせてあげられないかな。あなたならできると思うんだけど」

できるだろうか。自信はなかったが、施設長の頼みとあっては、何もしないうちから匙《さじ》を投げるわけにはいかない。

坂東の目を正面から見据えることで、やってみます、とだけ伝えておいた。

「ありがとう。きっと脩平くんならできるよ」

物分かりがいいと言ったらいいのか、勘が鋭いと表現したらいいのか。それほど長い付き合いではないのに、坂東は、目を合わせてきただけで、こちらが胸中に抱いている意図をすぐに見抜いてしまう。

このグループホームの施設長に就任する前は、大学病院で第一線の看護師として定年まで勤め上げたそうだ。認知症の患者とも、傍目《はため》には難なくコミュニケーションをとってしまう技を持っていた。いろんな人間と長く接してきた者の眼力というのは、相当なものだと思わされる。

「わたしはね、いつもこう考えているの。認知症と診断された人でも、心の目はしっかり開いている。だから、見聞きした物事は、健常者と同じようにきちんと認識できているに違いない、って」

脩平も、これまでの仕事の経験を通じて、同じように感じたことがたびたびあった。徘徊《はいかい》を繰り返す老親に手を焼いた息子が、たまらず「もう死んでくれよ」と口走ってしまったとき、その親が涙を流した。そんな話を、これまで何度も耳にしている。

「それから、彼らは記憶だってしっかり脳の中に保持しているに違いないの。ただ、それを思い出すのが苦手だったり、覚えている内容を他人にうまく伝えられないだけなんじゃないか。

そんなふうに思えてしかたがないのよ」

　その説にも同感だった。

「じゃあ、お願いね」

【業務連絡票】と見出しの部分に印刷された小さなメモ紙を、坂東はこちらによこしてきた。

「トミ子さんを笑わせてください」と書いてある。

物忘れが激しい認知症患者。彼らと一緒に暮らすこの施設では、人に仕事を頼むとき、どんなことでもメモにして渡すのがルールだ。

「それと、これを逃がしてきてもらえる?」

　壜も手渡された。

「カメムシって、凄《すご》い臭いのする液体を体から出すでしょう。これだって、幼体とはいってもカメムシに変わりはないから、十分に注意してね。もし臭いをかけられると危ないから、窓から手だけを出して、壜を体からうんと離すの。そうしてから蓋を開けてね」

　いま坂東から渡されたメモ用紙には、裏側にちゃんと「虫を外へ出してください」とも書いてあった。

　脩平はリビングの窓際に行った。施設長に言われたとおり、窓から外に向かって腕を伸ばす。そのときに気づいた。カメムシが壜の中でひっくり返っている。だが死んではいないようだ。

微《かす》かにだが、触角が動いていた。

修平が壜を揺さぶっているうちに不安になって、液体を出してしまったようだ。自らの臭いに気絶した虫の背中。そこに表れた模様は、自分の失態をごまかすための苦笑いのようにも見えた。

2

同日の夕方、坂東から用意してもらった毛糸は、どんな材質なのか、やけに手触りがよかった。カラーも暖色のオレンジだから、これでマフラーでも編んだら、さぞ温かいだろうと思わせる。

修平は、スタッフルームにあった鋏《はさみ》を使い、その毛糸を五十センチぐらいの長さに切り、両端を結んで輪を作った。これであやとり紐《ひも》の完成だ。

具合をみるために、まず自分の指に掛けてみた。

あやとりなどをやったのは、小学生の時分以来のはずだが、指というものは案外記憶力がいいらしい。「ゴム」という技をしっかりと覚えていた。両手の親指と小指を広げたりすぼめたりすると、ただの毛糸が、その名のとおりゴムのような伸縮性のある紐に変化したように見える技だ。

しばらくそうして遊んだあと、今度は「箒《ほうき》」を作ろうとしたが、うまくいかなかった。何度かチャレンジしたものの、毛糸は縺《もつ》れる一方だった。

いい加減にあきらめて、脩平はスタッフルームをあとにした。

リビングでは職員の一人が、破れた壁紙を、ピンク色のデジタルカメラで撮影しているところだった。施設の傷んだ箇所は、修繕する前とした後の状態を、写真で記録しておく決まりになっている。

このグループホームの入居者は、現在のところ八名だ。幸い、暴力的な傾向を持った者はいない。八名が八名とも、レクリエーションやスタッフの手伝いをしながら静かに日々を送っている。

ほかの施設と同様、入居資格は六十五歳以上だが、介護保険でいう要支援2以上の認定があれば、若年性認知症の患者であっても受け容《い》れる、という特色が『笑顔の庭』にはあった。

入居者のうち、パジャマ姿でリビングに出てくるのは一人か二人ぐらいで、ほとんどの人は外出しても恥ずかしくない程度の服を身に纏っている。トミ子も身なりはいい方だが、着ている服は、実は坂東のお下がりだった。いま着用しているレースのアンサンブルもそうだ。

脩平がトミ子の左側に座ると、彼女の落ち窪《くぼ》んだ丸い目が、ぎろりと睨みつけてきた。

ごく親しい人でも認識できなくなってしまう。そんな「対人見当識障害」を抱えているトミ子には、こちらが誰なのか分からないようだった。

失礼します、と軽く頭を下げ、脩平はトミ子の手を取った。彼女の手には大きな染みがいくつも浮いていた。

枯れ枝のような指に、脩平はあやとり紐を掛けてやった。顔の前で指を動かす。トミ子が見せる謎の動きは、きっとあやとりの仕草を意味しているのではないか。午後中ずっと考えて、ようやくそのように見当をつけたところだった。

介護福祉士である脩平に言わせれば、認知症の人を元気にする絶対のコツが一つある。

本人の「得意なこと」をやらせる——これに尽きるのだ。

うまくできることをしていると、誰もが無邪気な笑顔を見せるものだ。

認知症と診断された後でも、その人が職業として長くやってきた仕事に関しては、驚くほどしっかりこなしてしまう人が多い。昔取った杵柄《きねづか》というものは、体の深い部分に染み付いていて、ちょっとやそっとの病気で失われたりはしないのだ。

長く学校で教師をしていた人の場合は、「きょうは授業がある」と言い、ホームから出ていこうとする。そのとき、介護している人がチョークと黒板消しを持たせてやったところ、一日中元気良くスタッフの前で講義をし、夕方になると疲れてぐっすり眠った。こんな例は枚挙にいとまがない。

　ではトミ子の「得意なこと」は何か。

　姉妹なり子供なり、当人の生活歴を知っている人がいれば、その人から教えてもらうことができるのだが、残念ながらトミ子にはそうした身内が、いまのところはいない。

　彼女は数ヵ月前、徘徊しているところを警察によって保護された。身元は不明のままだ。保護されたときに着ていた洋服の裏地に「トミ子」という名前の刺繍があった。それだけが本人に関する情報だった。

　警察からの依頼で、家族や親戚が見つかるまで、このグループホームで預かることになった。入居の際は保護責任者が必要だが、それは一時的に施設長の坂東が引き受けている。だから現在、トミ子の名字は坂東となっていた。

　トミ子はあやとり紐に目を向けた。だがその視線は虚《うつ》ろで、その辺に転がっている石ころを見る目と変わりがなかった。一欠片の興味も示していない。

　脩平は内心で舌打ちをしながら、トミ子の指からあやとり紐をそっと回収した。

　彼女の視線が先ほどからじっと一点だけに集中していることに気づいたのは、その紐を丸めて屑籠に放り込んだときのことだった。

3

翌日、朝食を終えたあと、入居者の一人が食堂で躓《つまず》き、カウンターの上にあった食器や残飯を床に撒《ま》き散らしてしまった。

当番のスタッフが片付けに追われる。それに脩平が手を貸していると、坂東が近づいてきて、トミ子の方を向いて言った。

「おかげさまで、彼女、とてもいい表情になったよ」

トミ子は今日もカメラをいじりながら笑顔を振りまいている。

昨日、トミ子の視線を追っていくと、その先にはデジタルカメラを構えたスタッフの姿があった。脩平はそのスタッフからカメラを借り、トミ子に持たせてやった。それまで曇っていたトミ子の表情に一転して光が差したのは、その直後だった。

トミ子が頻繁《ひんぱん》に見せる仕草は、カメラのシャッターを切る動作だったのだ。ここに来る以前、彼女の趣味が写真だったことは、ほぼ間違いない。

「見事だったね」

坂東に肩を叩かれた。それほどでも。脩平はマスクの上から鼻の頭を搔《か》いた。

「また同じ仕事をお願いしたいんだけど」

誰でしょうか、と脩平は目で問うた。

「あそこにいる方」

坂東は声を低くし、視線をリビングの入り口の方へ向けた。そこに設置された、体験利用者用の椅子に、痩せた老人が一人座っている。歳は七十代の後半ぐらいか。白髪頭で、肩の骨が尖《とが》っていた。

「あの人の名前はね、タカハシさんていうの」

高橋。全国で三番目か四番目に多い名字だ。自分と同じ姓であっても何の感慨も湧かなかった。

「タカハシトシロウさん」

坂東は手近にあった広告の紙を裏返し、エプロンに挿していたボールペンで【高橋寿郎】という漢字を書いてみせた。

高橋寿郎……。なんとなく聞き覚えがあるように感じられたのは、下の名前も特段珍しいものではないせいだろうか。

「トミ子さんにやったように、高橋さんにも笑顔をプレゼントしてあげてください」

そう書かれた【業務連絡票】のメモを坂東から受け取ったあと、脩平は、高橋という男に近寄っていった。

高橋には独特の体臭があった。それは、掘りごたつか火鉢のようなものを連想させる、妙に温かく懐かしい匂いでもあった。

脩平は、高橋の正面ではなく左側に座った。

人間の脳は、視覚的な処理をするとき、左側の映像情報を優先して見てしまうらしい。認知機能が衰えている相手に、少しでも自分の顔をはっきりと覚えてもらうためには、相手の左側に座った方がよい。

介護福祉士に成り立てのころ学んだそんな知識は、まだしっかりと覚えていた。

――こんにちは。

目で挨拶をしたが、高橋の口からは返事がない。

――ご機嫌はいかがですか。

高橋の目に濁りはなかった。視力に問題はなさそうだから、脩平の表情は見えているはずだ。だが、やはり言葉は返ってこなかった。

坂東からのメモには「トミ子さんにやったように」とある。ならばやはり「得意なこと」をさせるのが一番いいだろう。訊いてみる。

――あなたのお好きなことは何ですか。

どういうわけか高橋は、いつの間にか目に薄く涙を溜めていた。その涙を振り払おうとしてか、ぎこちなく瞬きを繰り返す。

何かつらい記憶を思い出したのだろうか。いずれにしろ、突然笑う、突然泣く、といった感情失禁は、認知症患者には珍しくないことだ。

妙に悲しげな表情を見せながらも、高橋はじっとこちらの顔に視線を向けている。コミュニケーションを取ろうという気はあるらしい。

高橋の喉には手術の跡があった。食道かどこかに腫瘍でもできて、声帯を切除してしまったのだろう。誰が見ても、そのように見当のつく傷跡だった。

何にしても、発話できないことがはっきりした。こちらも、いまだに風邪が治らず声の出せない状態が続いている。こうなると、意志の疎通にはだいぶ手間取りそうだ。

どうにかして、高橋が経験してきた職業を知ることができればいいのだが。

とりあえず、もっと外見を観察してみるか……。

高橋が穿《は》いているズボンの裾の折り返しに、十円玉が一つ入っているのに気づいた。こうしておくと、ズボンのモタつきがなくなり、ストンときれいなシルエットになる。自分の見た目には気をつかっているらしい。

——これでも読んでいてください。

脩平は手近にあった新聞を高橋の前に置くことでそう伝え、席を立った。いったん高橋の隣を離れ、脩平は玄関に向かった。

高橋が履いている靴を探し当てる。

下足箱に、金具のついた洒落《しゃれ》た靴があった。紐の代わりにベルトで押さえてあるタイプだ。たしかモンク・ストラップという種類の靴だ。オンにもオフにも使いまわしが利く便利さが気に入り、脩平も何足か、これまで買ったことがあった。

いま下足箱に入っているそれは、よく磨かれて鏡のようだった。爪先には自分の顔が映るのではないか、というほどだ。先ほどの十円玉と考え合わせると、高橋の靴はこれに違いない。元からいる入居者の履物はといえば、ウォーキングシューズかサンダルばかりなので、これは異彩を放っている。

人を見るには靴を見ろ。そう教えてくれたのは、介護福祉士になって最初に勤務した施設にいた先輩だった。

先輩によると、左右で靴底の減り方が著しく違うと、体調を崩している証拠だという。そのようなバランスとともに重要なのが、靴底のどの部分が磨耗しているか、という点らしい。例えばね、狭苦しい場所で仕事をしている人なら、爪先部分の底がよく減るものなんだよ。そんなふうに言っていたのを、いまでもよく覚えている。

左右とも丹念に調べてみたが、高橋の靴にはこれといった特徴は見当たらなかった。

脩平は玄関にあった施設の備品である傘を一本、傘立てから抜き取り、リビングへ戻った。

——少し体を動かしましょう。

膝の屈伸運動をすることでそう高橋に伝え、先ほどの新聞紙を一枚、高橋の手に持たせた。

——それを丸めてもらえますか。

そのようにジェスチャーで伝える。

高橋はのっそりと手を動かし始めた。動きが遅くてやや苛立《いらだ》ちを覚えるが、手伝わないようにする。できるだけ運動量を多くすることが高齢者には大事だ。細かい作業もやれるだけやった方が脳にはいい。

やがて高橋の手の中で、一本の細い円筒形ができあがった。

——それを何ヵ所かで折り曲げて、丸い形を作ってください。

今度もジェスチャーで言った。

——そうしたら、一方の端をもう一方の中に押し込んで、輪の形を作ってもらえますか。

その作業を終えた高橋の前に、脩平は黄色いビニールテープを置いた。

——その輪っかに、これをぐるぐると巻きつけて、うんと頑丈にしてください。

新聞紙で輪を五つ作ってもらったあと、先ほど玄関からもってきた傘を高橋に渡した。

——では、こっちに来てもらえますか。

リビングの一角にある遊戯《ゆうぎ》コーナーに誘導した。十五、六畳ぐらいの広さがあるフローリングの空間だ。そこで脩平は高橋に、傘を開くように言った。

——それをひっくり返して、床に置いてもらえますか。

高橋が逆さまに置いた傘。それを固定するため、周囲に四つばかり大きめのクッションを配置した。

これで「パラソル輪投げ」の準備ができた。高橋も、これから行われるイベントが輪投げゲームであることを悟ったらしい。輪を手にしたまま、傘から二メートルばかり離れた位置に自分から下がった。

投げた輪が傘の柄を通れば五点、柄を通らなくても傘の中に入っていれば三点。クッションの上に落ちたら一点。床に落ちたら零点。そのように書いた紙が壁に貼ってあるので、それを指先で指し示してやった。

こういう軽い運動をさせると、その人の生活歴が分かることがある。よく体を動かしていた人はやはりうまく、高得点を出す。投げるフォームを見ているだけで、どのくらい運動をしてきた人か、だいたいの見当がつく。そこから、かつての職業を推測できることもある。

高橋が五つの輪を投げ終えた。柄を通った輪は一つしかなかった。そばで見ていたスタッフの一人が、「十一点ですね」と計算してくれた。

——もう一度やりましょうか。輪を取ってきてください。

高橋が輪を回収するために傘に近づいていった。

裏返しにした傘の柄から輪を抜き取ろうとすれば、前に向かって腰を折り曲げる必要がある。

高齢者でなくても無理な体勢を強いられる。

——注意してください。

そう声をかけようとした。が、こちらが口を開く間もなく、傘に躓き、高橋は体勢を崩し、
クッションの上に肘をついてしまった。

脩平は高橋の手を取り、助け起こした。怪我がないか、一応調べなければならない。

この様子を見ていたスタッフの一人が、

「どうぞ、こっちに座ってください」

そう言いながら、リビングにある大テーブルの椅子を一つ引いた。

だが脩平はその応援をやんわりと断り、高橋を電子オルガンの椅子に座らせた。

——痛いところはありませんか。

目で問い掛けたが、苦しがっている様子はない。怪我はしていないようだ。それを確認してから、脩平は電子オルガンの蓋を開いた。

もしかしたら高橋は、楽器が弾けるのかもしれない。それも指を使うタイプの。なぜそう考えたかといえば、いましがた転倒したとき、高橋が、手の平ではなく肘で体を受け止めたからだった。クッションに手の平をつかなかったのは、反射的に指を丸めたからであることを、脩平は見逃さなかった。人は怪我をしそうになったとき、特に大事な部位をとっさに庇うものだ。

有名なヴァイオリニストが、登山をしていて転倒した際、やはり手を守ろうとしたため、頭を打って亡くなってしまったという話もある。

待っていると、高橋は両手を持ち上げた。

鍵盤にそっと載せられた十本の指が、一本ずつ滑らかに動き始めた。

奏でられた曲は、ドイツ歌曲の「ローレライ」だった。

脩平が耳を傾けているうちに、視界を閃光《せんこう》が駆け抜けた。見ると、トミ子がカメラのフラッシュ機能をオンにし、いま現在のリビングの様子を撮影しているところだった。

いつの間にか、坂東も姿を見せていた。

高橋の演奏は完全に素人の域を超えていた。こうなると、おそらく本職だと思う。彼はピアノかオルガンの奏者を生業《なりわい》としてきたのだろう。そう確信しながら脩平は目を閉じて聴き入った。

そうさせるだけの技量が、高橋の指にはあった。

4

今日は朝からもやもやした気分を抱えていた。

ずっと頭に引っ掛かっていることがあるのだが、それが何なのか思い出せない。

何時間か悩んだ後、脩平はトミ子のところへ行った。先日、彼女がそうしていたように、両手の指を顔の前で構えてみせた。

トミ子がこちらの意図をはかりかねていると、女性スタッフの一人が割って入ってくれた。日頃から坂東の薫陶を受けている彼女たちも、認知症患者とのコミュニケーションはお手のものだ。

すっかりトミ子に貸した状態になってしまっているピンク色のデジタルカメラ。それを手際よく彼女から取り戻し、脩平の前に差し出してよこす。そのついでに訊いてきた。

「何を撮りたいんです?」

脩平は首を横に振り、撮影したいわけではありません、と伝えた。

「じゃあ、撮ってあるデータを見たいんですか」

そのスタッフは、リビングのテーブルに座った。そして別の椅子を引き寄せると、手招きをし、隣に座るように促してきた。

勘のいい彼女は、こちらがどの写真を見たがっているかまで、ちゃんと把握していたようだ。ボタンを操作し、昨日トミ子が撮影したデータを、カメラの裏側にある画面に映し出してくれた。

やはりそうだった。

高橋に「得意なことを」をしてもらうことに成功し、自分は満足げに微笑んでいる。

一方、当の高橋は笑っていない。とはいえ機嫌が悪いというわけでもなさそうだ。その反対に、感に堪えないといった表情で口をきつく結んでいる。

にもかかわらず、坂東はと言えば、これが満足そうな顔をしているのだ。

なぜだろう。

坂東は脩平に「高橋を笑わせてくれ」と言った。だが高橋は笑っていない。自分が出した指示は達成されなかった。なのに彼女は満ち足りた表情をしているのだ。

分からない点はほかにもあった。

高橋は、日帰りの体験利用者だと思っていたが、果たしてそうだったのだろうか。

体験利用者には、普通、家族が同伴しているものだが、彼の家族はどこにいた？

「高橋は認知症患者だ」という意味のことを、坂東はひとことでも口にしただろうか。

「高橋さんにも笑顔をプレゼントしてあげて」

そんなふうに坂東は言っていた。

てっきり、高橋を笑わせてあげてという意味だと思った。しかし、別の意味にも取れるのではないか。

——脩平くん、あなたの笑顔を高橋さんに見せてあげて。

という意味にも。

昨日、「得意なこと」をしたのは、本当は誰だったのだろう……。

そのとき、耳元をブンと重たい羽音が掠《かす》めた。

窓は開けっぱなしになっている。虫が入ってきたに違いなかった。

見ると、テーブルの上に、さっきまではなかった丸い小さな物体がへばりついている。羽の色が白と黒に分かれた円形の虫だった。

「一昨日、施設長が捕まえた虫だね」

カメラを操作しているスタッフが言うと、そばにいた別の女性スタッフが応じた。

「そう。アカスジキンカメムシの赤ちゃん」

あれと同一の個体かどうかは分からないが、同じ種類の虫であることは確かだ。そんなことを二人が言い合っているなか、脩平は虫の方へゆっくりと手を伸ばした。

カメムシの出す臭いというものを嗅いだことがなかった。いや、もしかしたら幼いときに経験があるかもしれないが、もう鼻が覚えていない。自分で自分を気絶させるほどの強烈さとはどれほどのものか。興味があった。

もう少しでカメムシに触れる、というところで、脩平は手をスタッフの一人から軽く押さえつけられた。

「駄目ですよ。これで取りますから、ちょっと大人しくしていてください」

彼女はいつの間にか、先日、坂東が使っていたのと同じジャムの空き壜を手にしていた。怖がったり嫌がったりする素振りは微塵《みじん》も見せず、それどころか豆粒でも拾うかのように気軽な様子で、虫を壜の口で掬《すく》い取る。そして手際よく蓋をしたあと、壜をこちらに差し出してきた。

「これ、施設長に見せてあげたらどうです？」

言われなくても、これから坂東のところへ行くつもりだった。彼女が見せた表情の謎を解いておきたい。

壜を持ってスタッフルームに入ったところ、一番奥まった場所にある施設長の机で、坂東は老眼鏡越しに書類と向き合っていた。

予算絡みの仕事ではないようだ。目にしているのが数字の並んだ紙だと、施設長の眉間にできた皺がうんと深くなる。いまはそれほど険しい顔をしているわけではないから、別の書類だと見当がついた。

邪魔してすみません。こちらが声をかける前に、施設長は顔を上げた。老眼鏡をずり下げ、レンズを通さずに脩平の方へ視線を向けてくる。

「そろそろ県の監査があるから、入居者の契約書と診断書がそろっているか確認していただけ。別に忙しくはないよ」

坂東の説明を受けながら、デスク上の書類に目をやってみる。

【入居契約書】と題された書類には【入居者／坂東トミ子　保護責任者／坂東阿佐美】という文字が並んでいる。

【診断書】と題された方には【傷病名／脳血管性認知症　（備考・職業／不詳）】と書いてあった。

「で、どうしたの」

カメムシがまた入ってきたんです、と脩平は説明し、壜を坂東に見せた。

「たぶん、一昨日のと同じやつね。悪いけれど、もう一度逃がしておいてくれる？　――ほかにご用は？」

――あります。

「何かしら」

——ええとですね……。

頭の中が空になっていた。何か坂東に確かめたいことがあったと思うのだが、すっかり忘れてしまっている。

しかたなく、

——いや、いいです。

無言のまま踵《きびす》を返すしかなかった。

「そう。——その虫、もしかしたら脩平くんが気に入ったのかもね」

坂東は仕事に戻った。トミ子の書類がそろっていることを確認し終え、次の入居者分に取り掛かる。

施設長の机から離れる際、坂東が新しくデスクの上に広げた書類の文面がちらりと目に入った。

【入居契約書　入居者／高橋脩平　保護責任者／高橋寿郎】

【診断書　傷病名／若年性アルツハイマー型認知症　(備考・職業／介護福祉士)】

目にした文字の内容が、一瞬だけ理解できたように思ったが、それもまた手の平で雪が解けるように、頭の中から消えてしまった。

ただ脩平は、壜の中のカメムシを見ながら、なんとなく感じていた。いまの自分の気持ちも、この虫の背中に浮き出た模様に似ているかもしれない……。

焦げた食パン

1

最近、ドローンなるものが流行《はや》っているらしい。

こいつはなかなか便利そうだ。遠隔操縦のできるマルチコプターで、カメラを搭載できるときた。二〇一二年三月のいま、まだ値段は高いが、あと数年もすれば、小遣い程度の金で買えるようになるだろう。

このカタログに載っているのは、一番小さいサイズで四十センチ四方程度。値段は十万円をやっと切るぐらいだ。

価格はこのレベルでかまわないから、もっと小さいものがあればいいのだが。四十センチもあったのでは、デカすぎてかなわない。おれの仕事は人目につかないことが何よりも大事なのだ。いまの寸法ではまったく使い物にならない。

ためしにスマホで「ドローン」の意味を調べてみると、「いつも巣にいて働かないミツバチの雄」、「のらくら者、居候」と出てくる。

おれはたまらず笑い声を漏らしてしまった。こいつはまんま、おれ自身のことじゃないか。そう思ったら、ますますほしくなってきた。

カタログを閉じると同時に、ベッドの枕元で、セットしておいたアラームが鳴った。午前八時を告げる音だ。

おれはカタログを放り出し、ベッドから立ち上がった。その際、勢い余ってデスクに膝をぶつけてしまった。

ビジネスホテル『タウンキャッスル』のベッドとデスクは、その距離が四十センチあるかないかだった。駅の裏側に建つホテルなら、表側より地価が安い分、建設のコストは低いだろうに。だったら浮いた費用は客の安全確保に回してもらいたいものだ。

小声で毒づきつつ、バッグの中から双眼鏡を取り出した。八倍に五十ミリ。この倍率と口径ではぶれやすいから、肘を何かに固定しなければ使い物にならない。

おれは西に向いた窓のそばへ椅子を持っていき、反対に腰かけ、背もたれに肘を載せた。この稼業を始めてから七年。最初から変わらないスタイルだ。

地図によれば、いまおれが双眼鏡を向けている場所は、楯南《たてなみ》市《し》稲吹町《いなぶきちょう》二丁目あたり、ということになる。

一戸建てと集合住宅が混在している地域のようだ。道幅は狭くT字路は多い。ある曲がり角に立っている一時停止の標識は、くの字形に大きく曲がっていた。

猫が二匹、路上でじゃれ合っている。どちらも首輪をつけていないから野良か。

気がつくと、おれは鼻歌を歌っていた。

ノビ師にとって、ここはまったく狙い目の場所と言える。

アパートや賃貸マンションは人の入れ替わりが激しい。これは、見知らぬ人物がその地域をウロウロしていても、不審に思う者は少ないということを意味している。つまり、犯罪者が下見をしていても、誰も気に止めないわけだ。そういう一帯こそ、ノビ師にとって格好のターゲットになる。

こんな仕事を七年もやっていると、その家に金の匂いがするかどうかも、遠くから見ただけでだいたい分かるようになる。他人で代用できない天性の能力だ。

そんなおれがまず目をつけたのが、木造平屋建ての一軒家だった。

あの家に住んでいるのは一人だけだ。性別は男で、年齢は初老といったところ。家の傷み具合と庭の手入れの様子から、そんなことがだいたい伝わってくる。

傍目には金のあるような家ではない。だが、実はお宝が眠っている場所だと、おれの勘が囁いている。

平屋の東隣はマッチ箱のような二階家だった。いまそこから一家の主婦らしき女が出てきて箒を使い始めたが、西隣の家を一瞥《いちべつ》もしない。ただ黙々と自分の庭だけに関心を払い続けている。

さらにその隣の家には青いビニールシートが被せられていた。改築工事の最中なのだ。八時半にもなれば工務店の連中がトントンガンガンとやり始めることだろう。これもありがたい。騒音が大きいから、侵入するのに窓ガラスを割らなければならない事態になっても気づかれにくいはずだ。

もう一つ感謝すべきことに、その家の斜向かいにはコンビニがあった。そこの駐車場に車を停めれば、近くから観察できる。

スーツを着てネクタイを締めた。ホテルを出て、去年から乗っているクラウンのハンドルを握り、コンビニへ向かった。

コンビニのすぐ近くにゴミの集積所があったので、店内に入る前に、まずはそちらに立ち寄ってみる。

この地域では、可燃ゴミは水曜日と土曜日に出すことになっているらしい。今日は月曜日だが、「燃やせるゴミ」と書かれた袋が二つほど置かれていた。

指定された種類以外のゴミが置いてあるような地域は、住民同士のつながりが弱い。こういう地域が泥棒に狙われるのだということを、どうして一般の連中は知ろうとしないのだろうか。

まあ、知られたら知られたで、こっちの商売があがったりになってしまうのだが。

コンビニの敷地《しきち》に車を入れた。なるべく店員の目に触れないよう、建物の裏手に停める。入店すると、雑誌を立ち読みするふりをしながら、ガラス越しに斜向かいに建つ平屋を観察し始めた。

家をぐるりと囲む塀があり、そこに表札が嵌《は》まっている。書いてある文字はここからでも読み取ることができた。

【安斎庸造《あんざいようぞう》】とある。

柱に錆《さび》が浮き出たカーポート。その下に、車が一台停まっている。薄汚れた白い軽トラックだ。フロントと横っ腹に【あんざい商店】と文字がペイントしてある。何を売っている店なのか、この段階では知る由もないが、商店の二文字から受ける印象では、日銭が入ってくる仕事をしていると見てよさそうだ。

塀の高さは百五十センチもあるか。家を囲む塀やフェンス、生け垣が高ければ、そこを乗り越えて侵入するのは面倒になるものだ。だが半面、犯行が外から見えないという利点がある。

安斎家の玄関から初老の男が出てきたのは、八時半になったときだった。

歳はこっちより十ぐらい上――六十手前といったところだろう。そのわりには頭髪は濃く真っ黒だ。薄緑色の作業着に身を包んでいる。

彼は玄関に鍵をかけたあと、郵便受けの裏側に手を入れた。いわゆる「隠し鍵」をしているようだ。

この業界では「鍵開け三分、物色五分」が一つの目安だが、これなら鍵開けに五秒とかかるまい。

作業着の男は、カーポートに停めてあった軽トラックに乗り込むと、どこかへ出かけていった。

おれはもうしばらく雑誌のページを捲《めく》りながら様子を窺った。そのあと、缶ジュースと菓子パンを買い、いったん車内に戻った。

片手でルームミラーの角度を変え、もう片方の手でスマホを取り出す。

地図と電話帳のソフトを使い、この家の住所を調べて、電話番号を割り出す。その作業は、さっきホテルを出る前に済ませてきた。

安斎家に電話をかけてみた。コール音を聞きながら、見える範囲で観察を続ける。

サッシの防犯性能はどうか。そこにシャッター格子や雨戸が取り付けられていないか。ガラスの割れにくさはどれほどか。錠は二重になっていないか。

そうしたチェックポイントにざっと目を走らせながら、結局コール音を聞いた回数は二十回以上にもなったと思う。

誰かが応答する気配はまるでなかった。思ったとおり、先ほど出ていった男が独りで暮らしている家のようだ。

おれはネクタイを締め直してから運転席のドアを開けた。

地面に足をつけた瞬間、悪寒が駆け抜け、全身の毛穴がぎゅっと閉じた。仕事にとりかかる前には、いつもこんなふうに嫌な思いがする。おれだって罪悪感というものを、少しは持ち合わせているのだ。

空のアタッシェケースを提げ、いったんわざと別の方向へ歩いてから、遠回りし、安斎家の門をくぐった。

ここからは一気だ。

誰にも見られていないことは、気配でほぼ分かった。行ける、との確信があったから、おれは革手袋を嵌めながら大股で玄関ドアに近づき、躊躇《ちゅうちょ》することなく郵便受けの裏側に手を入れた。

そこにあった隠し鍵を使い、屋内に滑り込むと、すぐに内側からドアに鍵をかけた。返す手でスーツの内ポケットから取り出したのは、小さく折り畳んでおいた薄手の手拭いだ。これを手早く頭に巻きつけ頭髪の落下を防いでから、土足で上《あ》がり框《がまち》を超えた。

鍵開けに三分かからなかったからとはいえ、その分物色の時間が延びていいわけではない。あくまでも原則どおり五分だ。

おれはデジタル式の腕時計にちらりと視線をやり、表示されている数字を目に焼き付けてから仕事に取り掛かった。

金のありかは匂いで分かる。おれの鼻腔が最も刺激を受けたのは寝室らしき部屋だった。そこに置いてある桐《きり》の箪笥。その中に目指すものはある。

抽斗《ひきだし》を下から順番に開けていった。

めぼしいものは何もなかった。

少し鈍ってきたか。そう思いつつ、一つ自分の鼻の頭をはじいてから、一番上の抽斗に手をかけた。

そのとき、心の中でこう決めてみた。

もしこの箪笥の中に大金が入っていなかったら、このままずっと北の方へ流れていこう。そして仕事のショバを隣県に移すのだ。

もし大金が入っていたら、まだこの県に留まって仕事をする。今度は百八十度方向を変え、南の方へ向かってノビ師行脚を続ければいい。そうして半年に一市ぐらいの割合で滞在していけば、四年もしたころには、県の南端にある温泉街で骨休めができる計算になる。

2

朝風呂だから軽く入ってすぐに上がるつもりだったが、気がつくと三十分以上、浴槽、サウナ、洗い場を行ったり来たりしていた。

さすがにこれ以上風呂場に留まっていたら湯あたりしてしまいそうだったから、おれは大浴場から出て、部屋へ戻ることにした。

相変わらず県内を回って泥棒行脚を続けていると、同じ宿泊先に泊まる場合も出てくる。この老舗旅館も五年ぶり二度目だった。

ノビ師の習性で、建物の構造はすぐに頭に入るし、一度覚えたらそう簡単には忘れない。五年経っていても、部屋に戻るのに案内図の助けを借りる必要はなかった。

【温度三十六度の「ぬる湯」です。冷たくも熱くもない程度の湯で、発汗やエネルギー代謝量も少なく体の負担が軽いことに加え、芯から温まります。さらに、副交感神経の働きを優位にして、心身をリラックスさせる効果があります】

いま入ってきた風呂はいくつか種類があったが、その一つ、浴槽の岩に嵌められたプレートにはそう書いてあった。だがこれは誇大広告というやつだ。体は休まったかもしれないが、心の方はさっぱりで、不安は募る一方だった。

おれは財布を出した。所持金は七万二千三百六十二円。ここの宿泊費を払えば、この半分になる。

そろそろ次の仕事をしなければならない、ということだ。

明日から四月だ。仕事を再開するにはちょうど切りのいい時期だった。

半日ハンドルを握り続け、県南端の温泉街から、県北部の楯南市に移った。

ここへ来るのは四年ぶりだ。街中を流していると、見覚えのある建物が視界に入った。

ビジネスホテル『タウンキャッスル』。

四年前の仕事が思い出された。ここに泊まって住宅街を物色。狙った家に忍び込んで、かなりの金額を盗んだ。あれは、楽な仕事だった。侵入の難易度と得た金額から考えて、過去最も効率のよかった仕事と言えるかもしれない。

「安斎庸造」——その名前はもちろんはっきりと覚えている。彼の桐箪笥には新聞紙の包みが入っていた。包みの中身は一万円札の束で、全部で三百枚あった。

おれは吸い寄せられるように、『タウンキャッスル』の駐車場に車を入れていた。

宿泊カードに書く偽名はさまざまだ。新しい名字を考えるのが面倒なときは、いつも「白岩」を使う。今回もそうした。本名が石黒だから、偽名の代表格はなんとなくこんな感じになる。

「西側の部屋をお願いします」

フロントでそう頼んだ。東側は駅裏の商業施設がちらほら見えるだけで、忍び込みの対象となるような建物がない。

明日、もう一度稲吹町で仕事をする。そう決めてベッドに入った。

結局、その日はろくに眠れなかった。

睡眠不足のときは、いつも気分が悪くて頻繁にえずいたりするのだが、その日は吐き気すら感じている余裕がないほど緊張しっぱなしだった。これはよい兆候だ。この稼業で失敗するのは、変にリラックスしてしまっているとき、気持ちが張り詰めていないときなのだ。

おれは車でいつかのコンビニに向かった。

宵空きを専門にしているやつらも少なくないが、おれは絶対に、やるなら朝の方がいいと思っている。最大の理由は視界だ。せっかくお天道様《てんとさま》という照明装置で金目のものがクリアに見えるのだから、その恩恵を受けない手はない。

空き巣が狙うのは忍び込むのが容易な家だ。被害を受ける家には、狙われやすいだけの共通点がある。そうした家には ノビ師が「入りやすい」と思う要素がいくつも備わっているものだ。だから一度被害に遭った家は、二度、三度と狙われる。

ただし同じ家に繰り返し忍び込むときは、それなりの覚悟が必要だ。

同業者にこんな目に遭ったやつがいた。二度目に侵入した家で、自分がその家でやらかした窃盗事件を伝える新聞記事がテーブルの上に置いてあったそうだ。それは、また空き巣に狙われるだろうことを想定して、家人が留守にするとき常に置いておいたものなのだろう。もちろん、その同業者は何も盗まずに慌てて逃げ出した。

コンビニに入り、前回と同じように立ち読みをするふりをしながら、ガラス越しに安斎の家に視線を向けた。

やがて安斎が出てきた。

最初、誰なのか分からなかった。黒かった頭髪が、いまは真っ白になっていたからだ。四年も経てば、人はこうまで変わるものか。

驚いたことに、安斎はいまだに隠し鍵をしていた。おかしい。そこまで学習能力がない人間は珍しい。こうなると、逆にこちらがもっと警戒する必要がある。

缶ジュースと菓子パン。今回もコンビニで買ったものは同じだった。もっと詳しく言えばオレンジスカッシュとチョコクリームパンで、以前とまったく一緒の商品だ。仕事の前後は神経が研ぎ澄まされているせいで、異常に記憶力が鋭くなるから、こんなふうに細かいことまで脳裏に刻印されてしまう。

車に戻った。

四年前は、車内から電話をかけることで、家の中にほかに誰かいないかを調べた。もちろんまたその手続きは踏んだ。二十回のコール音を数えても応答がなかった。これも前回と同じだった。

ここで事前の調査を終えてもいいのだが、ちょっと試してみたいことがあったので、あと一段階の手続きを踏むことにした。

おれは持参した黒いケースを開けた。そこに入っているのはドローンだった。先日、温泉街に投宿する前に買ったものだ。操作の練習は旅館の中で済ませてきた。

本体のサイズは三・五センチ四方。高さは一・八センチ。解像度の高いカメラまでついている。これで価格はわずか一万五千八百円。いい時代になったものだ。

運転席の窓を開けた。モニターつきの操縦装置を手にしてドローンを飛ばしてやる。これが誰かに目撃されてもどうということはない。このサイズなら、傍目には大きな虫が飛んでいるようにしか見えない。黄色と黒に塗ってあるから、たいていの人はクマンバチだと錯覚するはずだ。

安斎家の周りで飛ばしてみると、機体に組み込まれている小型カメラが捉えたものがあった。玄関の真裏に位置する勝手口。そこのドアが薄く開いているのだ。

急に老け込んだかのような安斎の様子を思い出すと、

——呆《ぼ》けたか。

と思わざるを得なかった。そう考えれば、相変わらずの隠し鍵や開けっぱなしの勝手口といった注意力のなさにも説明がつく。

3

開いている勝手口から入ってもよかったが、それだと万が一、隣家の住人に姿を見られるおそれがあったため、結局今回も隠し鍵を使って玄関から侵入した。

靴を履いたまま上がり框を踏み越え、廊下を進んだ。

コンビニで買ったものを覚えているぐらいだから、仕事で目にした屋内の様子は、どの家についても嫌になるぐらい鮮明に記憶している。当然、この安斎家とて例外ではない。誇張《こちょう》ではなく、目をつぶっていても歩き回れるぐらいだ。

玄関から入って廊下を進むと、右手に茶の間。左手に台所がある。

おれは台所に入り、前回もそうしたように、また冷蔵庫を開けてみた。

別に腹が空いていたわけではない。朝食なら、ホテルでしっかり食べてきた。入った家でおれが真っ先に冷蔵庫を開けるのは、何よりそこに住人の性格が出ているからだ。おれは純粋な興味から、この家の主、安斎庸造の人となりを、少しでも深く知りたかった。

以前見たときには、野菜やら冷凍食品やら多くの食材が詰まっていたこの冷蔵庫だが、今回の庫内にはろくに食い物が入っていなかった。卵が三つ、納豆のパックも同じ数。壜入りの牛乳。ラップのかけられた深皿の煮物は、昨晩の残りものだろうか。

目を惹いたのは、浅い皿の上に載っている真っ黒な物体だった。見ると、それは焦げた食パンだった。

台所の隣が風呂場であり、脱衣所には洗濯機が置いてあった。

住人の性格が出る一番の家電は冷蔵庫だが、二番目は洗濯機だと思っている。つまりどんな衣類をどんなふうに洗っているか。そこに人となりが現れるのだ。

洗濯機の横には、何に使うのか分からないが、炭の入った袋が置いてある。

また、閉じられた蓋の上には、小さなガラス壜が載っていた。中身の白い物体は粉というより結晶体だから、きっと食塩なのだろう。その小壜と並んで、もう少し大きな壜も置いてある。こちらはラベルから酢だと分かった。

——やはり認知症か。

いままで何軒も他人の家の中を見てきた経験から言わせてもらえば、捨てるべきものを捨てない人の多くは、脳の働きが衰えた高齢者だった。

それからもう一つ、ものの置き場所がおかしい人は、例外なく同じ症状を患っていた。腐って異臭を放つ牛肉が床の間に飾ってあったり、浴槽の中にテレビが置いてあったりなど、目にした奇妙な光景は数多くある。

おれは、廊下を挟んで風呂場の向かい側にある部屋に入った。

そこは八畳の和室だった。布団用と見える押し入れがあるから、寝室として使っている部屋に違いない。

自分の鼻が勝手にひくひくと動きだしているのを感じながら、おれは寝室の中に入った。

例の大きな箪笥が一竿《さお》、四年後の今日もそこに置いてあった。材質は桐のようだから、そう安物ではないはずだ。

夢よもう一度とばかりに指先に力と、そして祈りを込め、かつて札束を見つけた抽斗を開けてみた。

白い肌着と、灰色のスエットパンツ。それが、おれの網膜に映ったもののすべてだった。

はっ、と自嘲の笑いを一つ漏らし、おれは静かにその抽斗を閉めた。さすがに、そう立て続けに幸運が訪れるはずもない。

残るすべての抽斗を開けてみたが、金目のものは何一つなかった。

おれはたぶん、気持ちのどこかで安心していたと思う。認知症の老人から盗む。それはさすがに非道に過ぎる。自分の意思でこうして忍び込んでおきながら、殊勝《しゅしょう》にもそんなことを考えているのだから勝手なものだ。

おれは玄関に向かった。

おや、と思ったのは、そのときだ。

玄関ドアの内側に、少し黄ばんだ紙がテープで貼りつけてある。よく見ると、それは新聞記事のようだった。

新聞の日付は二〇一二年三月二十八日。ちょうどおれがこの家で仕事をした翌々日だ。【楯南署は二十七日、楯南信用金庫で職員二名の顔に殺虫剤を吹きつけ金を脅し取ろうとしたとして、強盗未遂の疑いで同市稲吹町の自営業、安斎庸造容疑者（五八）を現行犯逮捕した。楯南署によると、安斎容疑者は「手形の支払に当てる現金三百万円を自宅から盗まれたために、追い詰められてやってしまった」と供述している。この事件で殺虫剤をかけられた職員のうち一人が転倒して骨折、一人が目に重傷を負っている】

その記事の下に、もう一枚、別の切り抜きが貼ってあった。こちらの日付は同じ年の八月だ。

【信用金庫に押し入ったとして強盗致傷の罪に問われた楯南市稲吹町の無職、安斎庸造（五八）の判決公判が十九日、楯南地裁で開かれ、××××裁判長は懲役五年を言い渡した。初犯だが、職員二人の怪我が重篤だった点を重く見た判決となった。安斎被告は「反省しています。しっかりと刑期を務めてまいります」と法廷で語った】

おれはその記事に最初はざっと目を通し、そしてもう一度読み返した。

安斎は服役していた。おれのせいで——。

反省している。しっかりと刑期を務めてくる。そう記事には書いてある。どうやら安斎は控訴せずに、そのまま判決を受け入れて、刑に服したようだ。

だが刑期が五年だとすると、計算が合わない。頭が呆けてしまったから早めに出所させられた、ということだろうか……。

そんなことを考えつつドアノブに手を伸ばそうとしたとき、

「石黒っ」

おれの名前を誰かが呼んだような気がした。空耳かと思ったが、玄関ドアのすぐ外に人の気配がある。それは間違いなかった。

顔から一気に血の気が引いたせいで軽い目眩があった。

続く声は、おれが勝手口から逃げようとして踵を返す前に、早口で、だが低くドスの利いた声で発せられた。

「あきらめろ。裏口も固めてある。住居侵入、窃盗の現行犯で逮捕する。出てこい」

4

取調室の壁にはひびが入っていた。修繕する予算がないのだろうか。

部屋の隅には小さな冷蔵庫が置いてある。取り調べでは、どんな凶悪犯にも番茶の一杯ぐらいは出てくる。そのように誰かから聞いた記憶があった。するとペットボトルの飲料でも入っているのかもしれない。

テレビドラマでは、刑事が犯人の顔を照らしたりする卓上ライトが登場する。それは実際には、犯人が凶器として使用するおそれがあるため、置いていないはずのものだ。ところが何の冗談のつもりか、この部屋にはその卓上ライトが存在していた。アルミ製の丸いシェードがついた、いかにも安っぽい一品だ。

おれを捕まえにきた刑事の名前は奥原《おくはら》といった。机を挟んで正面に座っている男がそうだ。

奥原の眼鏡は、おそらく伊達《だて》なのだろう、レンズがやたらと反射している。そのため、彼の目がときどき見えなくなった。このレンズを鏡代わりにし、被疑者に自分の姿を見せて反省を促す。奥原は自分の眼鏡を、そんな小道具として使っているのかもしれない。だとしたら、なかなかのやり手と言っていいだろう。

逮捕から一夜明けた朝だった。

奥原が口を開く前に、おれは安斎のことを考えた。

安斎は出所後、毎朝、隠し鍵の習慣を変えず、かつ勝手口のドアも開けたままにして外出し、離れた場所から自宅を監視していたという。空き巣は再度同じ家を狙う。刑務所で同房になったノビ師から直に聞いたその言葉を頼りに——。

「ドアに貼ってあった記事は読んだか」

言いながら、奥原は卓上のライトを点《つ》けた。そうして、ずいっと顔を寄せてくる。左右のレンズにおれ自身の姿がはっきりと反射して映った。

「はい」

「あんたは安斎爺さんの起こした事件について何も知らなかったようだな。陰の共犯者なのに」

陰の共犯者。事件のそもそもの原因を作った人物のことを、警察ではそう呼んでいるのだろうか。それともこの刑事が自分だけで使っている造語なのか。その点は分からなかった。

「あの記事を読んで、何か気づいたことはないかね」

策士に向かって、おれは「さあ」と首を捻った。

「もう一度読んでみたらどうだ」

奥原が一枚の紙を置いた。同じ記事がコピーしてある。

「どうして殺虫剤なんでしょうか」それが、三度記事を読んで気づいた疑問点だった。「普通は催涙スプレーを使うと思うんですが」

「そこだよ。わたしが言いたかったのは。つまりだ、安斎の爺さんは、あんたに金を盗まれて、もう余計な出費は鐚一文《びたいちもん》もできなくなった。少なくともする気はなくなった。だから殺虫剤で代用するしかなかったということさ」

ここで奥原は卓上ライトのスイッチを消した。

「爺さんは仮出所を受けている」

「それには気づきました」

「なぜだと思う」

「頭が呆けてしまったから早めに出所させられた、ということではないんですか」

その答えには返事をせず、奥原は机に両肘をつき指を組んだ。

「あんた、なんで爺さんの家をまた狙う気になったんだ」

「一番の理由は、安斎さんが認知症に罹《かか》っていると思ったからです」

頭が呆けている相手は、往々にして窃盗の被害を受けたことに気づかない。おれたちノビ師にとっては非常にありがたい相手ということになる。

「ずいぶん『呆けていた説』に拘《こだわ》っているな」

「経験からですよ。おれが見てきた例では、物の置き場所が滅茶苦茶《めちゃくちゃ》な場合は、過去、すべてそうだったんです」

「ほう。しかしね、もし受刑者が認知症になったら医療刑務所に送られるのが普通なんだよ。滅多なことじゃあ、仮釈放はしないものだ」

「すると、仮釈放で早めに出られたのは、病気のせいではなく、服役態度が良好だったため、というわけですか」

「そういうことだ」

奥原は椅子の背もたれに一度体を預け、反動をつけて上体を前に倒した。その勢いを駆ってペンを取ると、机の上に広げていた自分のノートにぐちゃぐちゃな線を描いた。

「うっかり字を間違えて書いてしまった。こんなとき、わたしがどうすると思うね」

「消しゴムで消せばいいだけではありませんか」

「あいにくとこれはボールペンだ。鉛筆じゃない」

「でしたら修正液を使えばいいでしょう」

「ここは予算が潤沢な署か、それとも反対に貧乏な署か。あんたの目にはどっちに映るね?」

「失礼ですが」おれは壁のひびに顔を向けて答えた。「二番目の方ですね」

「そう。修正液を買ってくれといっても、総務が許可しないんだよ。だから工夫して、ほかのものを使わなきゃならない。どうすると思う」

「すみません。見当がつきかねます」

「わたしはこう見えても筆まめな方だから、こういうものをいつも持っている」

奥原は背広の懐に手を入れた。そこから取り出したものは、透明なチャックつきの袋に入った切手シートだった。

奥原は、シートの余白を適当な大きさに千切り、裏側をなめ、いまノートに書き付けた線の上に貼りつけた。

「こうするんだよ。これで立派に修正液の代用品になる。盗んだ金でホテルや旅館を優雅に渡り歩いて暮らしているあんたには、なかなか思いつかんことだろうがな」

痛いところを突かれ、返す言葉に窮した。自分を恥じる気持ちがある一方、偉そうなもの言いをするこの刑事への反発心も急に頭をもたげてくる。

「一つ勉強になりました」

殊勝に頷きながらも、それで？　と挑む視線をおれは奥原に向けた。

「わたしが何を言いたいか、まだ分からないか」

奥原は立ち上がったので、おれは反射的に身構えた。

「何もせんよ」苦笑いをしながら、刑事は部屋の隅に置かれた冷蔵庫へ向かい、その扉を開けた。

案の定、そこに見えたのは数本のペットボトルだった。どれも緑茶らしい。いや、そんなものより目を惹いたのは、皿に載った黒い物体の方だった。

同じものを目にしたことがある。昨日、安斎の家の中でだ。

「あんた、パンを焦がしてしまったらどうする？」

「……さあ」

「正解は、さらにオーブントースターで炭になるまで焦がす、だよ」

「なぜそれが正解なんですか」

「中まで真っ黒な炭にしちまえば、脱臭剤として使えるからさ」

奥原は冷蔵庫のドアを閉めた。

「もう一つ言おうか。洗濯に使う洗剤は、炭と塩で代用できるんだよ。布で巻いた炭を洗濯機の中に放り込んで、そこに塩を加えるだけだ。これで洗剤なしできれいに洗うことができる。それに、酢は柔軟剤の代わりになるんだな。殺菌やにおい消しの効果まで備えているから、衣類を洗うときは重宝するという寸法だ」

そう説明し、「若くて貧乏だったころは、おれもやったことがある」と付け加えた奥原は、またこちらに戻ってきて、おれの向かい側に腰を下ろした。

「焦げたパンも塩も酢も『代用品』だったんだよ。認知症じゃない。むしろその反対に、クリアな頭で工夫を試みた結果ってわけだ」

奥原が合わせてきた視線を避けるため、おれは下を向いた。

「石黒さん、あんた、安斎の爺さんがどういう気持ちで服役に臨んだか分かるかい」

この問い掛けに頷くことができたのは、

——しっかりと刑期を務めてまいります。

新聞記事の一節が思い出されたからだった。

「あの爺さんは、仮釈放を受けてしまったことを申し訳ないと感じていた。だから残りの分の刑期もどうにかして務め上げたいと考えていた。どうやったらそんなことができると思うね」

方法はある。本人がこれ以上服役できなくても、陰の共犯者にさせればいい。

おれは顔を上げた。「すみません」と断り、卓上ライトのスイッチを点ける。そうして奥原の眼鏡に映る自分の姿をじっと見据えた。

捕まったことで、実は内心ほっとしているのだろう。洗剤や脱臭剤に加え、安斎が準備した〝自分自身の代用品〟は、二つのレンズの中で、意外と穏やかな表情をしていた。

夏の終わりの時間割

1

陸橋の下にある空き地で信《しん》くんを待っているあいだ、ぼくはサッカーボールを相手に、リフティングの練習を始めた。

目標だった十五回を、何度目かの挑戦でやっとクリアできたので、嬉しくなって勢いよく蹴《け》り上げたところ、ボールは橋桁《はしげた》の鉄骨に挟まってしまった。

背伸びをしてみても、跳び上がってみても、手は届かなかった。自転車を踏み台代わりにして、サドルの上で爪先立ちになってみたけれど、身長が百五十センチもないぼくでは、やっぱり無理だった。

地面からの高さは三メートルぐらいだと思う。大人の中でも特に大柄な人が、サドルの上からジャンプして、やっとつかめるといった感じだ。

しょうがないからボールはいったんあきらめ、自転車の荷台に座ってスマホを取り出した。

将棋《しょうぎ》ソフトと一戦交えようと思ったのだ。

風車の音がしたのは、画面に将棋盤が表示されたときのことだった。

「ただいま参上」

約束の時間に遅れたことを謝りながら、信くんは自転車用の風力発電機をつけたハンドルから手を離し、黄色いママチャリのスタンドを立てた。

「そんなに待ってない」

台詞とは裏腹に、口調を少しきつくすることで、退屈したよ、と伝えてやった。だけど信くんは、こっちの気持ちなどお構いなしといった様子で、

「何してんの」

ぼくの向かい側に陣取り、丸い汗を浮かべた鼻をぐっと近づけてきた。

「勝ってる?」

そのひとことにこめられた語気の強さに、自分も指したい、という意欲がよく表れていた。

対戦しようかと持ちかけたところ、将棋は好きだけれど、スマホの操作が苦手な信くんは、顔をしかめて「うん、ううん」と曖昧な返事をした。

「じゃあ、こうするか」

ぼくはスマホの画面を消し、落ちていた枝をつかんだ。足元に線を引き、八十一個の升目を

作る。駒については、砂の上に文字を書くことで代用することにした。昨日まで雨が降っていたので、地面は湿気《しっけ》を吸っている。飛車の「飛」みたいなごちゃごちゃした文字でも書きづらくはないはずだ。

先手はジャンケンで決めることにした。信くんは必ず最初にグーを出すので、ぼくはチョキで応じた。

☗7六歩、☖8四歩、☗6八銀、☖3四歩、☗7七銀、☖8五歩……。

信くんの場合、ジャンケンだけでなく、将棋の指し手もだいたい一定だった。こっちもいつもと同じように陣形を作っていくことにする。

対局を始めて間もなく、ぼくは信くんの方へ腕を伸ばした。

「どう？　この時計」

ゆっくりと左手首を回し、茶色い革バンドのデジタルウォッチをよく見せてやった。

「お父さんが買ってくれたの？」

興味を持ったらしい。信くんの瞳がやや大きくなった。

「只《ただ》でもらったんだ。この前、うちの祖父《じい》ちゃんが死んじゃっただろ。だから、形見ってやつ」

祖父の趣味は時計を集めることだった。ほかにも何個か受け取った。もちろん、ぼくの手に渡ってきたのは、小学六年生に持たせておくのにちょうどいい安物ばかりだったけれど。

「こうやって普通に指しているだけじゃつまらない。もし信くんが勝ったら、この腕時計をあげるよ」

「……そんなの、悪いって」

手を振る信くんは、もう自分が手に入れたつもりになったのか、ちょっと恥ずかしそうな顔をした。

「いいよ、安物だから。それに、ほかにもいっぱいもらったし」

ぼくは革バンドを外し、地面に描いた将棋盤の横に時計を置いた。

「祥《しょう》ちゃんのお祖父ちゃんて、いくつで死んじゃったの」

「九十一」

「どんな人だった」

そうだな……。ぴたっとはまるような言葉を見つけるまで少し時間がかかった。

「つらい目にばっかり遭っていた人」

戦争で怪我をして、若いうちから耳が遠くなってしまっていた。そのために仕事を辞めさせられたりもして、ずっと苦労の連続だったそうだ。ここ数年は、徘徊というのか、ふらりと一人でどこかへ行ってしまうことがよくあって、バイクにはねられたりもしていた。

「でも祖父ちゃんは、死ぬ間際に言ったよ。——悪くなかった、って」

どういう意味？　というように信くんは眉を上げた。

「自分の一生のことじゃないかな。この九十一年間は、けっこういいものだった、みたいなことを言ったんだよ、たぶん」

「しんどい思いばっかりしていたのに？」

「ぼくも、そんなのは強がりだろうって感じた。本当かなって疑った。だけど親父が言っていた」

「何て」

「死ぬ間際の人は、絶対に嘘をついたりしない、って」

☖４四金、☗６五角、☖４五桂、☗８六銀、☖２五飛、☗４六香、まで、八十手ぐらいで結局、信くんが勝った。というより、ぼくはわざと負けることにした。そして、さも悔しそうな演技をしながら時計を信くんに渡してやった。

信くんはすまなそうに受け取った。「安いやつなんだよね」

「そう言っただろ」

「じゃあもらっておくね。返してほしくなったら――」

「分かってる。いつでもそう言うよ」

すると信くんは体を斜めに傾け、ポケットをごそごそとやり始めた。

彼の手が取り出してみせたのは、何やら小さな物体だった。使い捨てのライターだ。プラスチックの部分は傷だらけだけど、金属部分はまだ光を放っているから、最近になって捨てられたものだろう。

「これ、代わりにあげようか」

「いいって」

前にももらったから、と断り、ぼくは立ち上がった。

地面の将棋盤を爪先でぐちゃぐちゃに消したあと、二人並んで地べたに尻をつき、次に何をして遊ぶかについて考え始めた。ぼくは体を動かすのが好きなので、市民公園へサッカーをしに行こう、と言った。二人しかいないから、普通にプレーすることはできない。ボールを蹴りっこするだけだ。

この提案を信くんもOKしたところで、ぼくは上を向いた。

「どうしたの」

「あれ」

鉄骨に挟まったボールを指さしてやる。

「まかせて」

信くんは自分のママチャリをボールの下に持ってくると、そこで後輪の両足スタンドを立てた。そして荷台の上によろよろと立った。

そこから爪先を蹴って少し飛び上がっただけで、彼の手はボールに届いた。うまく鉄骨から取り出し、不恰好《ぶかっこう》だけれど着地も転ばずに決めた。

「さすが。サンキュ」

ボールを受け取ったあとも、信くんと向き合うには、首を上に向けたままでいなければならなかった。

身長百八十五センチの友人は、頬を少し赤らめながら微笑んでいた。

2

市民公園のグラウンドへ行ってみたものの、すんなりキックオフというわけにはいかなかった。そこはすでに別のグループに占領されていたからだ。

サッカーボールを追いかけ、ところせましとかけ回っているのは中学生たちだ。その姿をサイドラインの外側で見やりながら、

「どうする?」

隣の信くんに問い掛けたとき、耳元で虫の羽音がした。それを追い払ってくれたのは、信く

んの分厚い大きな手の平だった。

小さな黒い点になって空に消えていくミツバチを目で追っていると、信くんはぼくに向かって妙な言葉を口にした。

「キュウ、キュウ、ココノツ、ココノツ」

「……何なの、いまの」

「別に。ただの独り言」

「あ、そう」
九、九、九つ、九つ、という意味だとは、だいたい見当がついた。でも、どうしていきなりそんな数字を口にしなければならないのかが不思議だった。
年齢が十九歳で体重は九十キロ、背も高い信くんだけど、知能は十歳程度らしい。彼は小学五年生だったとき、スズメバチに耳の裏側あたりを刺された。そのあと、うんと高い熱が出たせいで、精神年齢というものが発達しなくなってしまったそうだ。

アーモンド入りのチョコと、ラーメン味のスナック、牛乳プリン。食べ物は、この三つに目がない。道端で拾ったものを集めたがる癖があって、石ころやジュースのキャップを自分の部屋にコレクションしている。最近は百円ライターばかりを狙って集めていた。

そういうよく分からないところのある友人だから、彼の口から変な言葉が出てきても、ぼくはあまり気にしないことにしていた。

「じゃあ、祥ちゃん家《ち》でテレビゲームでもしようか」

信くんの提案に、ぼくは首を振った。今日は母親が茶の間で帳簿つけの仕事をしているから、テレビが使えない。

「だったら釣りは？」

これにも渋い顔を作ってやった。ぼくはボールを使っての遊びをすることにこだわっていたからだ。

グラウンドの横に立ったまま、ああでもない、こうでもないと相談を続けた。その途中で一度、声を潜めて信くんに囁いた。

「首を動かしちゃだめだよ」

ぼく自身もまっすぐ前を見たまま続けた。「顔の向きはそのままにして、目だけを横に動かしてみて」

「どっちの方に」

「右」

信くんは一度自分の手を見たようだった。親指の関節に疣《いぼ》のある方。彼は「右」をそう覚えている。

「あれ、誰かな」

グラウンドの右側には、野球のバックネットが設置されていた。その裏にワイシャツを着た男の人が立っている。

歳は二十六、七歳といったところだろう。体が細くて、頭は逆三角形をしていた。これで緑色の服を着ていたら、きっと大きなカマキリに見えていたと思う。だらりとゆるめてはいるけれどネクタイもしているし、背広も手に持っていた。

そういえばあの人物は、さっき将棋を指しているときも、遠くからこっちに目を向けていたようだった。思い起こせば、今日以外の日にも、彼の姿を見かけたことがあったような気がする。

首を動かしては駄目だと注意したのに、信くんはもう忘れたようで、バックネットの方へ体ごと視線を向けてしまった。

「見ない方がいいって」

「だいじょうぶ」

「どうして」

「知っている人だから」

「……何者なの?」

「ヨコザワさん」

「……って誰」

「警察の人」

信くんが言うには、あの細い体の人は、見習い中の刑事なんだそうだ。

最近、ぼくと信くんが住む町の中で放火事件が起きていた。借り手のつかない二階建ての民家、前に定食屋さんが入っていた空き店舗、もう使われなくなった木造駅舎——その三ヵ所が燃やされている。

ヨコザワという刑事は、早く手柄がほしいらしく、時間を見つけては、その事件を自分で捜査しているようだった。

「ってことは、もしかして、信ちゃん……」

「そう。疑われているんだ」

知能の高くない少年がライターを集めている——そんな噂をどこかで聞きつけたらしいヨコザワ刑事は、信くんを容疑者と睨んで、しつこく見張っているようだった。その日はどこで何をしていたか、面と向かって信くんから事情を聴いたこともあったそうだ。

もちろん、犯人ではない信くんは、「ぼくはやっていない」と否定した。それでもヨコザワ刑事は付け回すのをやめないらしい。特に、水曜日と木曜日の午後は、時間を自由に使えるらしく、決まって姿を見せるのだという。

火をつけられた三ヵ所は、みな信くんが住む家の周囲だった。彼の自宅は、三つの地点を結んだ中心にあった。だから刑事に疑われるのもしょうがないことかもしれなかった。

ぼくも勇気を出して、バックネットの方へ顔を向けてみた。すると相手は、そそくさと背を向け、そばに停めてあった白い車に乗ってどこかへ行ってしまった。

それを機に、ぼくらも移動することにした。二人の相談は、公民館に行って卓球をしよう、ということでまとまっていた。

ぼくはいったん家に戻り、ペンホルダーグリップの愛用ラケットを手にした。

公民館に駆けつけると、信くんもすぐにやって来た。

ところが集会場では、地元のお年寄りたちが、民謡か何かのサークル活動をやっていた。これでは卓球台を使うことができない。

しかたなく、釣りをすることにした。釣竿を取ってくるためには、また家に戻らなければならなかった。二重の手間だ。

橋の上から川を眺めてみて、流れが急なのに驚かされた。

いつもはおとなしいのに、いまは怒っているように見えた。普通なら底の様子が分かるぐらい透き通っている水も、今日ばかりはコーヒー牛乳みたいに濁っている。水量もぐっと増して、歩けるはずの場所もすっかり泥水に呑まれてしまっていた。

案の定、川へ通じる小道の入り口には、黄色と黒のロープが張られ、看板が立てられていた。

【立ち入り禁止！　水位があがっているため危険です　市役所河川課】

昨日降った雨の量は、予想以上に多かったらしい。

「しょうがないね……」

その日はもう遊ぶのをあきらめて、二人とも家に帰ることにした。

3

夕焼けを背にしてペダルを漕《こ》ぎ続けた。首筋に受ける西日の強さはそれほどきつくない。あと十日もすれば夏休みは終わりだ。

自宅が見えたところで、スマホが着信音を鳴らした。

《いまどこ?》

帳簿つけの仕事でだいぶ疲れているらしい、母親の声はだらっとした調子だった。

「あと二分で、ただいまって言えるよ」

《ちょうどよかった。じゃあ玄関に入る前に、ぐるっと家を回ってきてよ》

なんで、とこっちが訊ねる前に母は続けた。

《段ボールとか、新聞紙の束とか、そういうものが落ちていないか見てきて。ゴミ袋とか紙屑も。あったら拾ってきてね》

電話を切り、言われたとおりにした。別に何も落ちてはいなかった。ただ、玄関の郵便受けにはダイレクトメールや夕刊が挟まったままになっていたので、それを持ってシューズを脱いだ。

卓袱台《ちゃぶだい》の向かい側で、帳簿を睨みつけながら電卓を叩く母の顔は険しかった。計算が合わないのだろう、眉と眉の間をぐっと寄せている。いい加減にパソコン嫌いを直してくれれば、この表情を見せられる機会も減ると思うのだけれど。

顔の真ん中にできた深い溝のあたりを狙って、ぼくは「ねえ」と声をかけた。

母は電卓から顔を上げなかった。少し首を傾けて、片耳をこちらに向けてきただけだ。

「キュウキュウとか、ココノツココノツって、どういう意味」

「え？」

「友達がぼくに向かって言ってたんだ。そんなふうに」

「友達って誰よ」

「信くん」

その名前を口にしても、母は嫌な顔をしなかった。近所には、体の大きな知的障害者を怖がり、一緒に遊ぶなと自分の子に命じている親が少なくない。

「おまじないでしょ」

母は寄せていた眉をいったん離して、懐かしそうな顔でそう答えた。何のまじないかといえば、蜂よけのそれらしい。昔の人は、ハチに勝てる大きな数ということで、「九」の字をよく口にしたのだそうだ。

信くんもこのおまじないを、自分の母親から教えてもらったのかもしれない。

「刺されないように注意しなさいよ。ありがたいおまじないだけど、蜂が日本語を勉強してくれないかぎり、たぶん効かないでしょうからね」

「分かってる」

「明日も遊ぶの？　茂田井《もたい》さんの子と」

モタッとした感じの信くん。彼の名字が茂田井だと初めて知ったときにはありがたかった。すぐに覚えられるし、この先忘れることはないと思ったからだ。

「うん」

信くんは普段、特別な学校に通っているけれど、いまは夏休みなので、毎日のようにぼくと遊んでいた。さっきもバイバイをする前に、明日は午後二時半から会う約束をしてきたところだ。

「じゃあ、あの子の分まで気をつけてあげて。前にスズメバチにやられているでしょう。もしまた同じ目に遭ったりすると、ショック症状が出て、命に関わることがあるから」

「それも分かってるって。——何ていうんだっけ、そういうの。アナフラスキー？」

「アナフィラキシー」

いつの間にか窓の外は真っ暗になっていた。

「父さんは今日も遅いのかな」

「そうでもないんじゃない。今日は夜回りの当番になっていないもの。でも、犯人を捕まえてやるって息巻いていたから、いまごろ一人で勝手にパトロールをしているかもね」

もし近所を騒がせている放火犯を捕まえることができたら、しがない工務店経営の中年男であっても、一躍町内のヒーローになれるのだろうけれど、父の場合はどうだろうか……。

「だから、もしかしたら今日も遅いかも」

ここでぼくは、

「え？」

わざと耳に手を当てる仕草をしてみせた。

「父さんの帰りは今日も遅いかも、って言ったの」

「え？　聞こえない」

「ふざけないで。こっちは忙しいんだから」

「だって放火犯を見つけたら、近所に知らせないといけないんだよ。大声を出す練習をしておいた方がいいって。それに、これも不注意だと思う」

郵便受けに溜まっていた封筒の類《たぐい》を卓袱台の上に置いてやった。

「何か届いたら、すぐに抜き取る習慣を身に付けないと駄目だよ。ポストからはみ出た紙を狙って火をつける犯人もいるっていうから」

「……あんた、けっこう頼りになるわね」

瞬きを繰り返しながらこっちを見上げてきた母親に背を向け、ぼくは冷蔵庫からジュースの壜を取り出した。

4

橋の下に着いたのは午後二時半よりも少し前だったけれど、もう信くんは来ていた。こんなケースは、いままであまりなかったはずだ。

もっと珍しいのは、彼がノートと鉛筆を持参してきたことだった。顔つきも、どこかいつもと違っている。

何を始める気か、信くんはノートを開くと、長い線で区切って表のようなものを描き始めた。できあがった表の一番上の欄《らん》には、まず今日の日付を入れた。そして表の左側に「3:00　4:00　5:00」と時刻を書き込み、さらにその下の欄へ「予備1　予備2」という文字を記入した。

そのあいだぼくは念のため、以前にも何度か話したことを、また信くんに伝えてやった。

「スズメバチの巣っていうのは、たいてい軒下に作られる。蜂だって人間と一緒で、雨や風が当たらないところを選んで家を建てたがるんだね。人間がそばにいると取り除かれてしまうから、空き家になっていたり、普段から手入れのされていない建物が、巣作りの場所として狙われる。だから、屋根があって人気《ひとけ》のない建物には近づかない方がいいよ」

信くんは頷いていたが、表を作るのに忙しいようだったから、どこまで頭に入ったかは分からなかった。

「あと、もちろん知っていると思うけど、大きな木の枝にぶら下がっていることもあるから、森や林の中なんかも注意しなくちゃいけないね。それに、黒い服を着ているのも危ない」

喋っているうちに、少し気持ちが悪くなってきた。目が回ったような感じがする。茶色と黄《おう》土色《どいろ》の絵の具を、よく混ぜないまま筆につけて、いくつもの半円を描き重ねていったような、あの不気味な縞模様《しま》を頭に浮かべてしまったせいだろう。

ノートに線を引き終えると、信くんは問い掛けてきた。「今日は何をして遊ぶ？」

「……さあ」

ちょっと体を後ろに引いてしまったのは、信くんの目がいつもより鋭く光っているような気がしたからだ。

「やっぱりサッカーでいいんじゃないの」

「ほかの意見は？　昨日もサッカーをやろうとしたから、別の遊びでどう？」

ぼくは何も考えていなかったから黙っているしかなかった。

「分かった。サッカーね」

そう言うと、信くんは表の一番上、3:00の欄に〈サッカー（市民公えん）〉と書き記した。

「じゃあ、二時間目はどうする？」

「ちょっと待ってよ。さっきから何してるの」

「今日から、ちゃんと作ろうと思うんだ」

「何を」

「時間割だよ。その日は何をして遊ぶか、あらかじめ計画を立てて、決めておくことにしよう」

ぼくは少し面食らった。計画を立てる——頭脳派というわけではない信くんが、まさかそんなことを口にするとは想像していなかった。

「だって昨日みたいになったら嫌でしょ。何もしないうちに日が暮れちゃったらさ」

「それは、そうだけど……」

「祥ちゃんに案がなかったら、おれが考えるよ。——サッカーのあとは、今日こそ公民館で卓球をしよう。いい？」

信くんは顔をノートに戻し、4:00の欄に〈卓球（公民かん）〉と書き入れながら続けた。

「その次に、祥ちゃんの家でゲームだ」

今日は茶の間は空いているから、ぼくは一応頷いておいた。

「もしも昨日みたいに卓球台が使えなかったら、ゲームを二時間目に繰り上げることにする。いい？」

「……オーケー」

「それから、もし祥ちゃんの家に急にお客さんが来たりして、茶の間が使えなくなったら、川で釣りをしよう」

「……異議なし」

「もう一つ予備として、市立図書館に行くことも考えておくね。たまにはいっしょに本でも読もう。——どう、こんなもんで？」

信くんはノートのはじっこを両手で持ち、できあがった時間割をぼくの前に広げて見せた。

一時間ごとに三つの遊びをこなすとは、なんとも目まぐるしい。だから、一応ケチをつけておくことにした。

「これじゃあ、遊んだかいがないかもね」

「そうかもしれないけど、一つの遊びをするだけじゃ、やっぱり時間がもったいないよ。二時間サッカーしかしないのと、一時間ずつサッカーと卓球をするのでは、あとの方が得したっていう感じがする」

なるほど、そんな気もしたので、ぼくはもう何も言い返せなかった。

5

平たく潰れた蟬《せみ》の死骸が、小刻みに揺れながら動いている。よく見ると、五、六匹の蟻《あり》が下から支えて運んでいるところだった。

近くにしゃがみ込んでその様子を眺めているうちに、たちまち十分ほどが過ぎていた。

そういえば、前に図鑑を読んで知ったのだけれど、日本によくいる黒い蟻は、自分の体重の二十五倍の重さを引き摺ることができるそうだ。

これを人間にあてはめると、どれぐらいになるんだろう。九十かける二十五の式を地面に書いて、もし信くんが蟻だったらどれくらいの重さを引っ張れるか計算しているうちに、また十分ほどが過ぎていた。

蟻たちはもう蝉を巣まで運び終えてしまったというのに、ぼくだけは待ちぼうけのままだ。友人が姿を見せる気配はまだない。ただ、彼が約束をころりと忘れてしまうのは、別に珍しいことではなかった。

信くんの家に電話をしてみると、彼のお母さんが出て、「てっきり祥ちゃんと一緒だと思っていましたけど」と、少し慌てた様子だった。

スマホを耳から離し、画面に目をやった。

いま、そこには町内の地図が表示されている。そして信くんが一定時間以上立ち寄った場所には旗のマークがついていた。

この前、信くんにあげた革バンドの腕時計には、GPSとかいう機能がついていて、電波信号を出すようになっていた。徘徊する祖父の居所を突き止めるのに欠かせなかったあの時計を、信くんに持たせたのは、彼が普段一人で何をしているのか知りたかったからだ。彼との付き合いはもう二年ぐらいになるけれど、ぼくと一緒のとき以外の行動がよく分かっていなかった。

【八月三〇日（水）】。旗マークの下に出ている日付と曜日はそうなっている。今日ではなく昨日のデータだ。今日についても調べてみたけれど、信くんはあの時計を嵌めていないらしく、旗の印は彼の自宅にしかついていなかった。

自転車のサドルにまたがった。西の方角へ向けてペダルを漕ぎ出す。昨日、信くんが出向いた場所は三つあった。その三ヵ所に、ぼくも行ってみることにしたのだ。昨日は、ぼくは家族で親戚の家へ出かけていたので、遊ぶ時間がなく、会ってはいなかった。

最初に向かったのは、お寺だった。普段からお坊さんのいない無人の寺だ。

お坊さんといえば、近頃の信くんの顔だ。どう言ったらいいだろうか、厳しい修行をしている僧侶みたいに、体全体に近寄りがたい雰囲気を纏っているような感じだった。きっと食欲がなかったのだろう、頬にくぼみもできていた。どちらかといえば丸かった顔が、いまではすっかり細くなってしまい、妙な迫力があった。

無人の寺に信くんの姿はなかった。

次に向かったのは、つぶれたまま、いっこうに新しい人が営業を始めようとしないコンビニの建物だった。

ここにも百八十五センチの友人はいなかった。

その次には、消防団の倉庫に向かったのだけれど、やはり体重九十キロの十九歳はいなかった。

この三ヵ所に、いったいどんな用事があったんだろうか……。

「火の用心」と大きく書かれた倉庫のシャッターに体を寄りかからせ、ぼくは自分の家に電話をかけた。なんだか嫌な予感がして、不安でたまらなくなっていた。誰とでもいいから話をしたい気分だった。

「手術されたのかな」

前置きもなしにそんなことを言ったから、受話器の向こう側にいる母は、何秒間か黙り込んでしまった。

《……何のこと、いきなり》

「信くんだよ、頭の手術でもされたんじゃないかな」

今日は姿を見せないと伝えたあと、ここ最近、彼の様子が変だったことを教えてやった。

「時間にばかりこだわって、やたらせっかちになっちゃったんだ。いきなりロボットみたいになった。本に書いてあったよ。昔、ロボトミーっていう手術があったって」

スマホの向こう側からは、さも呆《あき》れたといわんばかりの大きな溜め息が聞こえてきた。

《ロボットとロボトミーって、言葉は似ているけど、ぜんぜん意味が違うでしょ》

母によると、ロボトミーという手術は、人間をせっかちにするのではなく、逆に無気力にしてしまうものらしかった。

通話を切った。恥ずかしい勘違いをしてしまったけれど、それをうじうじと悔やんでいる余裕は、いまのぼくにはなかった。

どうしてだろう。なぜ信くんは、あんなふうに変わってしまったのか……。

しばらく考えてから、ぼくはまた自転車を漕ぎ出した。

そのころには、ぼんやりと分かったような気がしていた。信くんが何をしようとしていたのかが――。

向かった先は、いつか信くんと一緒に虫取りをしたことのある雑木林だった。

勘は的中したらしい。付近の道端に一台のママチャリが停めてあった。その車体は黄色で、ハンドルには風車がついている。

ぼくは自転車のブレーキレバーを握る手に力をこめた。まだ車輪が前へ進み続けているうちに、サドルから降り、ペダルから足を離し、バタバタと地面を走るようにしながら自分の足でもストップをかけた。

だけど、車体が完全に停止する前に、ぼくはまたペダルに足を乗せ、自転車を加速させていた。

ひとまずこの場所から立ち去らなければ。そう考えたのは、道路の反対側に白い車が停まっているのに気づいたからだった。

――と、いくらも進まないうち、目の前に細い人影が飛び出してきた。

今度こそぼくは自転車を完全に停止させなければならなかった。

「悪い、脅かして。ちょっと待ってくれないか」

その人は、ぼくの正面に立ちはだかり、自転車のかごにそっと片方の手を添えてきた。空いている方の手では、首に紐でぶら下げていた身分証明書のようなものを開いてみせる。

警察手帳だった。逆三角形をしたこの人の顔写真が貼ってあって、下には「横沢和司《よこざわかずし》」という文字が見えた。ずっと、この若い刑事を怖いと思っていたけれど、本名を知ることができたとたん、そんな気持ちも少しだけ和らいだ。

「いつもきみと一緒に遊んでいる子がいるよね」

「……信くんのことですか」

「そう。茂田井信くん。彼がいまどこにいるか、知らないかな?」

どうやら横沢さんは、今日も信くんを見張っていたらしい。だけど、この雑木林で見失ってしまったようだった。

たぶん信くんは、楢《なら》の木が固まって生えている場所に向かったのだろう。去年の夏にクワガタ虫をたくさん見つけた、ぼくらにとっては懐かしい場所だ。

あのときは、この雑木林に足を踏み入れてから十分もしないうちに、カブト虫二匹、クワガ夕虫四匹、カミキリ虫一匹を捕まえていた。持っていた虫かごは小さかったので、もう満員だった。三種類の虫たちは、押し合いへしあいしながら、折り重なるように絡みつき、まるで一匹の巨大な怪物みたいになっていた。そんな思い出深い場所が、林の奥にあるのだ。

ただし、そこには特に大きな楢が一本生えていて、下の方にある枝に、すごく危ないものもぶら下がっていた。ボクシングの練習に使うパンチングボールみたいな物体だ。それに気づいたときには、二人して顔を見合わせ、息を殺しながら逃げ帰ったものだった……。

横沢さんを伴って雑木林の中を進み始めた。

林というよりは藪《やぶ》といった方がしっくりくる場所だった。薄暗くて湿っぽい匂いがしている。蛇だっているかもしれないから、半ズボンでは不安だった。

少しでも足を止めたりすると、たちどころに蚊が攻撃を仕掛けてくる。

獣道のような一筋の細道をたどり、途中にある水の涸《か》れた川床を過ぎたとき、

「——いたっ」

一番大きな楢の根元に、人が倒れていた。夏だというのに、黒い長袖のシャツを着ていた。穿いているのも黒いズボンだし、帽子も黒だった。スズメバチに襲われやすい色だ。

それは信くんに違いなかった。

横沢さんが走り出す。

ぼくも同時に駆け出した。けれども最初の一歩で、地面から飛び出た太い木の根っこに躓いて転んでしまった。

口に入った土を吐き出しながら前を見やると、横沢さんが信くんの大きな体を抱きかかえたところだった。信くんの唇が濃い紫色になっているのが分かった。その腫れ上がった口元が、横沢さんに向かって何かを呟いたようだった。でも、ここからでは遠すぎて、ぼくの耳は内容を聞き取ることができなかった。

聞こえたのは、鉛でできた扇風機を思わせる、重たい嫌な虫の羽音だけだった。

パンチングボールみたいな形をしたやつらの巣は、一年前と同じ枝にまだぶら下がっていた。いくつも重なった半円の縞模様が、目に痛いほど鮮やかに見えていた。

6

赤い斑点の浮いた腕が伸びてきた。

その手にアーモンド入りのチョコを渡してやった。

指先は小刻みに震えている。握手をしてみたら、手の平はすごく熱かった。

続いてラーメン味のスナックを渡してやると、腫れぼったい目がこちらに向けられた。ありがとう、と瞬きで伝えてくる。

牛乳プリンも手渡してやった。これで見舞いの品は全部だ。

「ありがとう、祥ちゃん」

今度、信くんは実際に気持ちを口に出した。でも呼吸困難が起きているのか、声は途切れ途切れだった。

一昨日、信くんがスズメバチに刺されたのは右腕だった。その一ヵ所だけだったらしいけれど、いまは顔もだいぶ腫れている。身体中《からだじゅう》も赤くなっていて、そうとう痒《かゆ》いようだ。だけど医者からは掻いちゃいけないと言われているのだろう。必死に我慢している姿が気の毒でならなかった。

「そうだ」

見舞い用にと考えてきたものがもう一つあったのを思い出し、ぼくは膝の上に持参したノートを広げた。定規がないのでフリーハンドで線を引き、表を作る。

14:00　かまくら作り
15:00　雪がっせん
16:00　ミニスキー
予備1　アイスクリーム作り

予備2　そり遊び

そして表の一番上に「十二月二十日」と日付を書き入れた。

今年の冬休み第一日の時間割だ。そのページをノートから破り取り、信くんの手に渡してやった。

「……十四時って何時?」

「午後二時」

2:00だと午前なのか午後なのかはっきりしないから、今度から時間割を作るときはこういう書き方をしよう、と提案した。

「そうだね。それがいいね」

遊びの内容は、一切の相談なしにぼくが一方的に決めてしまったけれど、その点でも信くんが機嫌を損ねたようには見えなかった。

「じゃあ、もう行くね。また来るから。ゆっくり眠るといいよ」

病室の入り口で振り返ると、窓から差し込む光の中で、信くんの顔がぱかっと二つに裂けた。これ以上は無理というところまで口を開いたからだ。そうやって大きな欠伸をしてみせる。その口が閉じられるのを待って、ぼくは信くんに背を向けた。

病院の建物から出る。

昨日の夕方から今朝まで降り続いていた雨は、もうすっかり上がって、いまでは太陽が南の空に顔を見せている。もう九月だけれど、まだ空気はもわっとしていた。水を吸った花壇の土からは、見えない湯気がいっぱい立ち上っているに違いない。

被っていた野球帽を団扇《うちわ》代わりに使いながら、バス停に向かって歩き始めた。

背中に声をかけられたのは、いくらも行かないうちのことだった。後ろにいる人が誰なのかは、振り返らなくてもだいたい分かった。いま病院の門から出るとき、目の隅にちらりと入り込んだような気がしていたからだ。逆三角形の顔が。

「どうだった？　友達の様子は」

「元気そうでした」

何より、と横沢さんは、きれいに並んだ白い歯を覗かせた。

「刑事さんのおかげです」

もしあの現場にいたのがぼく一人だけだったら、いまごろ信くんは目を覚ましていなかっただろう。すぐに救急車を呼ぶ。刺された箇所を探し出す。針を抜き取り毒液をしぼり出す……。横沢さんのような落ち着いた行動が、ぼくにできたはずがない。

「ここまでは何で来たんだい」

「バスですけど」

「じゃあ、ぼくの車で送るよ。遠慮はしないでくれ。そのためにここで待っていたんだから」
「……ありがとうございます」
二人並んで病院の駐車場へ行った。
助手席のシートに腰を下ろすと、妙に懐かしい感じがした。横沢さんの使っている車用の芳香剤は、前に父が仕事用の古びたバンに置いていたものと同じ製品らしい。
シートベルトをしたあと、ぼくはまた膝の上にノートを広げた。
「乗り物酔いに注意してくれよ。——何を書いているの」
「今日の時間割です」
「時間割……？　妙なことを言うね。それって普通は、学校の先生が作るものだろ」
信号で車が停まったとき、ぼくはノートを横沢さんに見せてやった。
19:00　本を読む
19:30　風呂に入る
20:00　晩ごはんを食べる
21:00　宿題をする
22:00　テレビを見る
23:00　寝る

「なるほど。家で過ごすときのスケジュールってわけか」

「はい。これがあると、時間が有効に使えるんです」

「立派な心がけだ。偉いよ、きみは」

褒める相手が違っていた。ぼくは信くんに教えられたことを真似しているだけだ。

信号が青になり、横沢さんはまた前を向いた。

この刑事を恨んでいないといえば嘘になる。たしかに信くんの命を救ってくれはした。でも、もともとこの人が信くんを追い回したりしなければ、彼は自分からスズメバチに刺されるような真似はしなかったはずだ。

信くんにあんな馬鹿な行為をさせたのは、この新米刑事なのだ。

……いや、それは違う。

信くんが死のうとしたのは、たぶんぼくのせいだ。ぼくが余計なことを言ってしまったことが本当の原因だ。

死ぬ間際の人は、絶対に嘘をついたりしない。

その言葉を耳にし、ならば、と信くんは信くんなりに考えたのだろう。

自分を死の間際に追い込めば、言ったことを信じてもらえる、と。

だからあのとき、楢の木のそばで横沢さんに抱きかかえられた彼は、きっとこう呟いたに違いない。

——ぼくは犯人じゃない。

一昨日は木曜だった。その前日は水曜。どっちも横沢さんが張りついている日だ。信くんは、スズメバチに刺されて倒れても、この刑事に見つけてもらえると思った。そこで巣のありそうな場所を回ったり、雑木林に行ったりしたのだ。

信くんが死ぬことを覚悟し始めたのは、ぼくと将棋を指した日からだと思う。あの日別れたあと、彼にとってそれから先の毎日は「残り時間」になった。だから、ダラダラ遊ぶことができなくなって、時間割を作り始めたのだろう……。

「きみの家に着くまで、少し時間がかかるよ」

その言葉どおり、横沢さんが運転する車は、北に行き、南へ行き、西に行き、と遠回りをしてから、ぼくの家へと向かった。まっすぐ病院から帰るのに比べて、倍ぐらい時間がかかった。

通ってきたルートには、三ヵ所、印象的な場所があった。誰も住んでいない二階建ての民家。定食屋さんが入っていた空き店舗、そして、もう使われなくなった昔の木造駅舎……。どこも放火で燃やされた場所だ。

「一昨日だけど、きみはまず、軒があって人気がないところを回って、信くんを見つけようとしたんだったね」

雑木林に行く前にぼくがどこで何をしていたかについては、もう横沢さんに話してあった。

「いまごろになって気がついたんだけれど、さっき通ってきた放火の現場も同じだったよね。三つとも軒があって普段は人気のない場所だ」

「……そうですね」

「ということは、こうは考えられないかな。放火犯が本当に焼こうとしたのは、建物じゃなくて、スズメバチの巣だった、と。誰かの安全を願って」

その言葉には返事はしなかった。

自宅前で横沢さんは、ぼくの方へ手を伸ばして助手席側のドアを開けてくれたけれど、ぼくはシートに腰を下ろしたままでいた。横沢さんはもう見抜いている。ならば、このまま警察署へ連れていってもらった方が、あとあと気が楽かもしれない。

ちょうどいいことに、証拠品もいまここに持っていた。半ズボンのポケットの中だ。そこには信くんからもらった百円ライターが入ったままになっている。

ただそうすると、今日の時間割を書き換えなければいけない。それだけがちょっと面倒に思えた。

初出

「三色の貌」　「メフィスト」2010　VOL.2
「最期の晩餐」（「最後の晩餐」を改題）　「メフィスト」2018　VOL.1
「ガラスの向こう側」　「メフィスト」2016　VOL.2
「空目虫」　「メフィスト」2015　VOL.2
「焦げた食パン」　「メフィスト」2017　VOL.2
「夏の終わりの時間割」　「メフィスト」2014　VOL.2

長岡弘樹（ながおか・ひろき）

1969年、山形県生まれ。筑波大学第一学群社会学類卒業。2003年「真夏の車輪」で第25回小説推理新人賞を受賞し、05年に『陽だまりの偽り』でデビュー。08年に「傍《かたえ》聞《ぎ》き」で第61回日本推理作家協会賞短編部門を受賞。13年刊行の『教場』が「週刊文春ミステリーベスト10」国内部門第１位となり、2014年本屋大賞にもノミネートされた。近著に『血縁』『にらみ』『道具箱はささやく』などがある。

救済《きゅうさい》　SAVE《セイヴ》

第一刷発行　二〇一八年十一月十三日

著者　長岡弘樹《ながおかひろき》
発行者　渡瀬昌彦
発行所　株式会社講談社
東京都文京区音羽二-十二-二十一
郵便番号　一一二-八〇〇一
電話　出版　〇三-五三九五-三五〇六
販売　〇三-五三九五-五八一七
業務　〇三-五三九五-三六一五

本文データ制作　凸版印刷株式会社
印刷所　凸版印刷株式会社
製本所　株式会社若林製本工場

定価はカバーに表示してあります。

ISBN978-4-06-513650-8
N.D.C.913 202p 20cm

悪徳の輪舞曲《ロンド》

中山七里

御子柴の母が夫を殺《あや》めた？
悪辣弁護士も驚愕《きょうがく》する最凶の「どんでん返し」！『贖罪の奏鳴曲《ソナタ》』シリーズ第四弾。
定価：本体一六〇〇円（税別）

※定価は変わることがあります。

合理的にあり得ない

上《かみ》水《づ》流《る》涼《りょう》子《こ》の解明

柚月裕子

「殺し」と「傷害」以外、引き受けます。美貌の元弁護士が、あり得ない依頼に知略をめぐらす鮮烈ミステリー！

定価：本体一五〇〇円（税別）

※定価は変わることがあります。

劉裕《りゅうゆう》

豪剣の皇帝

小前 亮

並外れた力で大剣を振り回していた男が、如何にして堅固な貴族社会を破壊し、皇帝へと登りつめたのか――。

定価：本体一八五〇円（税別）

※定価は変わることがあります。

別れの霊祠《れいし》

溝猫《どぶねこ》長屋　祠《ほこら》之怪《かい》

輪渡《わたり》颯介《そうすけ》

お多恵《たえ》が成仏しても続く妖異《ようい》の正体は？「箱入り娘」お紺《こん》の縁談が大騒動を巻き起こす!?　人気シリーズ完結！

定価：本体一四五〇円（税別）

※定価は変わることがあります。